高职高专"十二五"规划教材
——冶金技术类系列教材

烧结球团生产实训

黄伟青　关　昕　张欣杰　主编

化学工业出版社
·北京·

本书根据冶金企业的生产实际和岗位群的技能要求，同时参照冶金行业职业技能标准和职业技能鉴定规范而编写。本教材共分 4 个项目：项目 1 准备处理原料；项目 2 准确称量各种原料；项目 3 烧结生产；项目 4 球团生产。

本教材注重综合知识运用，力求紧密结合现场实践，注意学以致用，体现以岗位技能为目标的特点。在叙述和表达方式上力求做到深入浅出，直观易懂，能使读者触类旁通。

本书可作为高职高专冶金技术类专业实训教材，也可作为从事烧结球团生产的冶金技术人员、企业技术工人提高专业知识的参考书。

图书在版编目（CIP）数据

烧结球团生产实训/黄伟青，关昕，张欣杰主编．北京:化学工业出版社，2011.8
高职高专“十二五”规划教材．冶金技术类系列教材
ISBN 978-7-122-11889-9

Ⅰ.烧…　Ⅱ.①黄…②关…③张…　Ⅲ.烧结-球团-高等职业教育-教材　Ⅳ.TF046

中国版本图书馆 CIP 数据核字（2011）第 143910 号

责任编辑：张双进　　装帧设计：王晓宇
责任校对：郑　捷

出版发行：化学工业出版社（北京市东城区青年湖南街 13 号　邮政编码 100011）
印　　装：三河市延风印装厂
787mm×1092mm　1/16　印张 5¾　字数 113 千字　2011 年 8 月北京第 1 版第 1 次印刷

购书咨询：010-64518888（传真：010-64519686）　售后服务：010-64518899
网　　址：http://www.cip.com.cn
凡购买本书，如有缺损质量问题，本社销售中心负责调换。

定　　价：14.00 元　

前　言

本书是《烧结球团生产与操作》配套教材。

编者与生产一线的技术专家一起，在对行业专家、毕业生工作岗位调研的基础上，根据冶金企业的生产实际和岗位群的技能要求，同时参照冶金行业职业技能标准和职业技能鉴定规范而编写。力求紧密结合现场实践，注意学以致用，体现以岗位技能为目标的特点。在叙述和表达方式上力求做到深入浅出，直观易懂，能使读者触类旁通。本教材共分 4 个项目：项目 1——准备处理原料；项目 2——准确称量各种原料；项目 3——烧结生产；项目 4——球团生产。

本书由河北工业职业技术学院黄伟青、关昕、张欣杰主编，参加编写的有石家庄钢铁公司李杰、姜勇硕、白雄飞，河北工业职业技术学院贾艳、时彦林、陈敏、尹迪、刘燕霞、张士宪、董中奇。

本书由河北工业职业技术学院李文兴教授担任主审，李文兴教授在百忙中审阅了全书，提出了许多宝贵的意见，在此谨致谢意。

本书在编写过程中参考多种相关书籍、资料，在此，对其作者一并表示由衷的感谢。由于水平所限，书中不妥之处，敬请读者批评指正。

编者

2011 年 6 月

目 录

项目1　准备处理原料

铁矿粉造块是实践性很强的生产活动。其实训部分主要包括原料的准备处理、配料、烧结与球团操作四个方面的内容。

铁矿粉的造块过程对原料的物理、化学性质都有一定的质量要求，而造块工厂所处理的原料来源广、数量大、品种多，物理化学性质差异悬殊，为了获得优质产品和保证生产过程的正常进行，通常在造块前要对原料进行准备处理。

任务1.1　验收、贮存与管理原料

1.1.1　验收原料

验收原料工作是造块厂提高产品质量、降低成本的关键环节。它主要包括原燃料的质量检查、数量验收工作并保证原料供应的连续性。

原料入厂前应接受预报，按品种、车号、数量和物理化学性能记录在预报登记台上，并根据生产的需要量合理地调入厂内。入厂的车辆要严格检查是否与预报的品种、车号、数量、质量相符合，对那些相符的车辆对准货位进行卸料，如有不符，必须检查核实，等取样化验、目测和过筛合乎验收标准后方可卸车。情况不明者可不予卸车。

1.1.2　贮存原料

贮存原料的目的不仅是储备原料以保证生产的正常进行，更重要的是为了满足生产工艺的要求而进行多种原料的搭配、中和，减少其化学成分的波动，为配料自动化和提高配料的精确度做准备。

接受进厂的造块原料通常是在原料场（贮料厂）或原料仓库贮存。当原料种类多、数量大，仓库容纳不下，或来料零散、成分复杂，需贮存到一定数量集中使用，或原料基地远，受运输条件的限制，不能按时运来，需要有连续生产的备用料时，应设置原料场。不过，为提高投资效益，应考虑烧结厂原料场与整个钢铁厂原料场合用。原料场大小与多种条件有关，一般应保证1～3个月的原料储备。

在不设原料场的情况下，应设原料仓库，原料仓库的贮料时间按以下情况考虑：

① 用专用铁路线运输原料时，要3～5天；

② 非专用铁路线运输时，为5～7天；

③ 有原料场时，2～3天。

1.1.3 管理原料

原料管理的好坏，直接影响到烧结矿的产量、质量、成本以及各项技术经济指标，因此原料管理必须严格按照有关规定执行。各种原料要按规定的地点、仓位进行存放，进入料场后应进行中和混匀。分堆存放的原料要做到不混料，并保证有明确的化学成分含量。进行平铺切取、中和混匀后的原料在使用前要重新取样化验其化学成分，为配料计算提供准确数据。

各种原料做好进厂记录。品种、产地、数量、成分、卸车、存放、倒运，使用都要记载清楚，并进行必要的统计分类。

1.1.4 注意事项

① 原料验收工需注意每天盘点估算各种原料库存，发现误差及时纠正。当烧结原燃料库存低于规定下限，或进料系统发生故障时，要与有关部门及时联系，不得拖延。

② 所有入厂的原料必须干净，不混有杂物，也不能有两种原料混在一起的现象。进厂原燃料的技术条件见表 1-1～表 1-4。

表 1-1 一般含铁原料的入厂条件

<table>
<tr><th rowspan="2">名称</th><th colspan="5">品位及波动范围/%</th><th rowspan="2">粒度/mm</th></tr>
<tr><th>化学成分</th><th>磁铁矿为主的精矿</th><th>赤铁矿为主的精矿</th><th>攀西式钒钛磁铁矿</th><th>包头式多金属矿</th></tr>
<tr><td rowspan="14">精粉矿</td><td>TFe</td><td>≥67≥65≥63≥60
波动范围±0.5</td><td>≥65≥62≥59≥55
波动范围±0.5</td><td>51.5
波动范围±0.5</td><td>≥57
波动范围±0.5</td><td rowspan="13"></td></tr>
<tr><td>SiO_2
Ⅰ类
Ⅱ类</td><td>≤3≤4≤5≤7
≤6≤8≤10≤13</td><td>≤12≤12≤12≤12
≤8≤10≤13≤15</td><td></td><td></td></tr>
<tr><td>S</td><td>Ⅰ组≤0.10～0.19
Ⅱ组≤0.20～0.40</td><td>Ⅰ组≤1.10～0.19
Ⅱ组≤0.20～0.40</td><td><0.60</td><td><0.50</td></tr>
<tr><td>P</td><td>Ⅰ级≤0.0～0.09
Ⅱ级≤0.10～0.30</td><td>Ⅰ级≤0.10～0.19
Ⅱ级≤0.20～0.40</td><td></td><td><0.30</td></tr>
<tr><td>Cu</td><td colspan="2">≤0.10～0.20</td><td></td><td></td></tr>
<tr><td>Pb</td><td colspan="2">≤0.10</td><td></td><td></td></tr>
<tr><td>Zn</td><td colspan="2">≤0.10～0.20</td><td></td><td></td></tr>
<tr><td>Sn</td><td colspan="2">≤0.08</td><td></td><td></td></tr>
<tr><td>As</td><td colspan="2">≤0.04～0.07</td><td></td><td></td></tr>
<tr><td>TiO_2</td><td colspan="2"></td><td><13</td><td></td></tr>
<tr><td>F</td><td colspan="2"></td><td></td><td><2.50</td></tr>
<tr><td>K_2O+Na_2O</td><td colspan="2">≤0.25</td><td></td><td>≤0.25</td></tr>
<tr><td>水分/%</td><td>Ⅰ≤10
Ⅱ≤11</td><td>Ⅰ≤11
Ⅱ≤12</td><td>≤0</td><td>≤11</td></tr>
<tr><td colspan="5">一级 TFe≥54，$w(SiO_2)\leqslant12$ $w(S)\leqslant0.2$，$w(P)\leqslant0.1$
二级 TFe≥50，$w(SiO_2)\leqslant15$ $w(S)\leqslant0.3$，$w(P)\leqslant0.15$
三级 TFe≥48，$w(SiO_2)\leqslant18$ $w(S)\leqslant0.4$，$w(P)\leqslant0.2$
四级 TFe≥45，$w(SiO_2)\leqslant22$ $w(S)\leqslant0.5$，$w(P)\leqslant0.3$
其他成分 $w(Cu)\leqslant0.2$，$w(As)\leqslant0.07$，$w(Pb)\leqslant0.1$，$w(Zn)\leqslant0.1$，
$w(Sn)\leqslant0.08$，$w(K_2O+Na_2O)$待定
铁品位波动范围为±0.5</td><td>磁铁矿，赤铁矿≤10mm 其中>10mm 不超过10% 高硫矿≤8mm，其中>8mm 不超过5%，褐铁矿≤10mm</td></tr>
<tr><td>混匀矿</td><td colspan="5">TFe≤±0.5
$20(SiO_2)\leqslant\pm0.2$</td><td></td></tr>
</table>

表 1-2 各种熔剂入厂条件

名称	品位/%	粒度/mm	水分/%	备注
石灰石	$w(CaO)\geqslant 52, w(SiO_2)\leqslant 3, w(MgO)\leqslant 3$	0～80 及 0～40	<2	粒度 0～40mm 适用于小厂
白云石	$w(SiO_2)\leqslant 4, w(MgO)\geqslant 19$	0～80,0～40	<2	粒度 0～40mm 适用于小厂
生石灰	$w(CaO)\geqslant 85, w(SiO_2)\leqslant 3.5, w(MgO)\leqslant 5$	≤4		生烧率+过烧率≤12
消化石灰	$w(S)\leqslant 0.15, w(P)\leqslant 0.05$	0～3	<15	活性度≥210mL
	$w(CaO)>60, w(SiO_2)<3$			

表 1-3 膨润土质量参考指标

指标	级别	
	一级	二级
蒙脱石含量/%	>60	60～45
2h 吸水率/%	>120	120～100
膨胀倍数	>12	12～18
粒度	小于 0.074mm 占 99%以上	小于 0.074mm 占 99%以上
水分/%	<10	<10

表 1-4 推荐固体燃料入厂条件

品名	成分/%	粒度/mm	水分/%	其他
焦粉	灰分<15%,硫≤1%	0～80,0～25	<10	0～80mm 需考虑粗破碎
无烟煤	灰分≤15%,挥发分<8%,硫≤1%	0～80,0～25	<10	硫应尽量提低,0～80mm 需经粗破碎

1.1.5 思考题

① 原料验收有哪些要求?

② 原料贮存有哪些要求?

任务 1.2 卸运原料

1.2.1 主要设备

原料的卸车包括翻车机、桥式抓斗、螺旋卸车机等设备的卸车。

翻车机是一种大型卸车设备，分侧翻式和转子式两种，侧翻式最大翻转角度 160°，翻转角小，有压车板障碍，故不容易卸干净，而转子式最大翻转角 175°，卸车干净。翻车机机械化程度高，有利于实现卸车作业自动化或半自动化，同时具有卸车效率高，生产能力大的特点，适用于翻卸各种散状物料，在大中型钢铁企业得到广泛的应用。

螺旋卸车机是烧结厂受料槽机械化的卸料设备之一。它适用于敞车装载的各种粉状物料的卸车，如无烟煤、碎焦、石灰石、消石灰、高炉尘、硫酸渣、富矿粉、铁精矿、轧钢皮等，它有单跨和双跨两种形式，双跨比单跨多一套小车移动机构，以便适合双排卸料槽卸料。

1.2.2 技能实施

1.2.2.1 翻车机卸车

（1）开机前的准备

① 开机前按“设备点检表”对有关设备进行认真检查。

② 检查连接螺丝是否紧固，安全装置是否齐全，各轴承、轴瓦润滑是否良好。

③ 检查减速机的油量和油的种类是否符合要求。

④ 检查翻车机的抱闸、电铃、信号灯极限开关是否齐全、良好。

⑤ 检查电流表的指数是否正确，各控制电器线路是否良好。

⑥ 检查各种钢丝绳有无损坏，受力是否一致。

⑦ 检查料仓以及仓箅有无杂物和人，矿槽内是否有不同品种的原料，如有应处理后才能翻车。

⑧ 检查清除运转设备周围的障碍物。

⑨ 有除尘设备的岗位，先开启除尘设备。

（2）正常操作

① 接到翻车的通知后，联络工给运输机车开车（绿灯）信号，车皮进入翻车机，对好货位，等其他车皮退出翻车机厂房，变绿灯信号为红灯信号，按操作箱上按钮。

② 联络工给信号后，操作台绿灯亮，电铃响。

③ 司机看到操作台绿灯亮、信号铃响后，按信号按钮，等车间铃响，方可启动翻车机。

④ 司机按正向启动按钮，翻车机开始转动，等转到 175°，极限开关自动跳闸，翻车机停止转动。

⑤ 翻车机回转时，司机按反转按钮，翻车机开始由 175°反转到零位时，极限开关自动闭合，停车。

⑥ 运转时如果发现事故，应及时切断任何一个事故开关；发现翻车机位置不正时，正转按正转微动按钮，反转按反转微动按钮即可。

⑦ 卸完的空车皮回到零位后，推车装置动作，将车皮推出，进入溜车线。

⑧ 停车后要切断事故开关，停车必须停在零位。

（3）异常操作

① 发现跑车事故时，严禁切断事故开关，应立即给上反转按钮，让车体和正常情况一样回转到 40°～50°之间，停机后进行处理。

② 当车皮一头掉到箅子上时，应立即停车处理，绝不允许反转。

③ 检修完试车时，翻车机应逐步翻到最大角度，避免抱闸失灵造成跑车事故，试车回到零位时，也应逐渐回到零位。

④ 翻车机回零位时应减速而未减速时，要立即停车，以免勒断钢丝绳及碰坏小车腿。

⑤ 停车后要切断事故开关。

1.2.2.2　桥式抓斗卸车

① 开机前对照“设备点检表”进行认真检查；

② 合上操作室的电源开关，发出开车信号；

③ 把抓斗对准抓料点后停稳；

④ 张开的抓斗保持垂直状态，落在取料位置上；

⑤ 进行抓料操作；

⑥ 把抓斗提升到需要的高度，使抓斗对准指定的料槽上部停稳。

⑦ 抓斗缓慢张开，把料放入料槽。

1.2.2.3　螺旋桥式卸车机卸车

（1）开车前的检查与准备

① 大车行走要平稳，各提升机构灵活可靠，螺旋卸料机应保持水平状态。

② 液压制动器应安装正确，油路畅通，灵活可靠。

③ 检查料仓内是否有料，防止混料。

④ 检查来料中是否有杂物。

（2）操作程序

① 开车前应发出开车信号。

② 卸车前，试转大车行走机构、提升机构以及螺旋旋转机构，检查是否运行正常，各润滑点油量是否充足。

③ 旋转机构需要运转时，按螺旋启动按钮，卸料时，要控制螺旋下降高度和下降速度，不准旋料太深。

④ 停车后必须将控制器调在“零位”。

⑤ 螺旋上升碰住极限开关，立即停机，不准再强制上升。

1.2.3　注意事项

① 翻车机在试空车时锁钩必须锁死；

② 车皮运到翻车机平台上时，必须将车皮调到合适位置，否则严禁翻车。

③ 只有接到允许翻车信号后方可操作，否则严禁翻车；每翻完一次料，就要清一次仓；每翻完一种料要按点检表的要求巡回检查设备及润滑状况一次。

④ 翻车机在运转过程中突然掉闸，应及时切断电源，检查问题，经修理后再翻车。

⑤ 桥式抓斗的闭合卷扬机在操作时，应缓慢地放松提升卷扬的钢丝绳，在抓斗闭合好后，应保持四根钢绳同时受力。

⑥ 吊车停止运行时，必须停靠指定的地点，抓斗应平稳地放在料堆或平台上，抓斗闭合起来不准放在地上。

⑦ 弄清品种，防止混料。

1.2.4　处理卸车设备的常见故障

翻车机常见故障及处理见表1-5，桥式抓斗常见的故障见表1-6。

表 1-5 翻车机常见故障及处理

故障	原因	处理方法
抓斗断绳	抓槽底 钢丝绳老化 钢丝绳未按时加油	严禁违规使用 按要求及时换绳 及时加油
抓斗变形	抓槽底 料中有大块杂物	严禁违规操作 严禁用抓斗抓大块
抓斗轴断	操作不当 轴瓦未及时加油 轴严重磨损 轴在制造时有缺陷	按规程操作 及时加油 及时分析加油 经分析要确认
大小车跑偏	车轮磨损不一致 车轮中心不一致	调整 测量找正

表 1-6 桥式抓斗常见的故障

故障	原因	处理方法
钩下不来	橱道有杂物 动力绳、平衡绳太紧 卷扬润滑不好	清理杂物 稍松钢丝绳 注意加油
断绳	钢绳长时间老化 涧帽部位眺泊 绳轮里夹上东西 绳子互相绞在一起	勤检查 定期更换 定期加油维护
车皮落道	动力绳、提升绳断 爪钩没有锁好	把钢绳在落道的轴上绕两圈。钢绳要偏落道反方向一边，用天车吊起来，当车轮离开地面后，自己调正就会上道
锁钩上下不灵	锁钩滑道有杂物 压板螺丝松动阻板磨损 滑轮轴承坏	检查哪根钢丝绳不紧，就是哪根锁钩有问题，然后再解决
撞钩	钩低于规定标准，底座销子断	提钩

1.2.5 思考题

原料卸车时应注意哪些问题？

任务 1.3 中和原料

1.3.1 中和原料方法

为了使原料成分稳定、配料准确，要在原料贮存时进行中和工作。目前用得较多的中和方法是分堆存放、平铺直取。

在料场进行中和是将先后运来的原料按顺序铺成很多平行的条堆（第一层），然后在原来的（第一层）条堆之上铺第二层，再第三层、第四层、一层一层铺上去，直到铺好一大堆为止，矿堆可高到10m。用时，从矿堆上沿垂直方向切取。原料的平铺直取工作通常用抓斗起重机或电铲等来完成。

显然，至少应有两个工作场面才能保证连续生产，一个平铺堆矿，一个供使用。

也有一些工厂采用栈桥皮带混匀法。即在高出地面的栈桥上由皮带运输机往复运动把原料撒在桥下的料堆上。当原料堆到一定高度后，用电铲沿横断面切取送往车间。但这种方法只能沿栈桥方向进行铺料，容易产生粒度偏析，切取时应有意识地按一定的顺序从堆角、堆顶和中部切取装车来克服这一缺点。

在仓库中进行中和通常是将来料通过移动皮带漏矿车或抓斗吊车，往复逐层铺放，然后沿料堆断面垂直切取使用。

原料中和较先进的办法是从矿山开始就为混匀创造条件，并充分利用原料从矿山运到造块厂过程中的每一次机会，不断地增加原料成分的均匀程度，使原料的成分波动限制在较小的范围之内，从而获得良好的混匀效果。例如，原料需要在矿场或料槽堆放一次时，就可按一定顺序堆放和卸出，以增加其均匀度；充分利用破碎筛分设备进行中和；以及使用往复运动的卸料车装入配料槽。

1.3.2 中和的主要设备

1.3.2.1 混匀堆料机

目前国外使用的混匀堆料机，按悬臂结构形式，基本上可以分为三种类型：即俯仰单悬臂式，俯仰双翼式和俯仰旋转悬臂式等。宝钢引进的是俯仰单悬臂式（见图 1-1）。

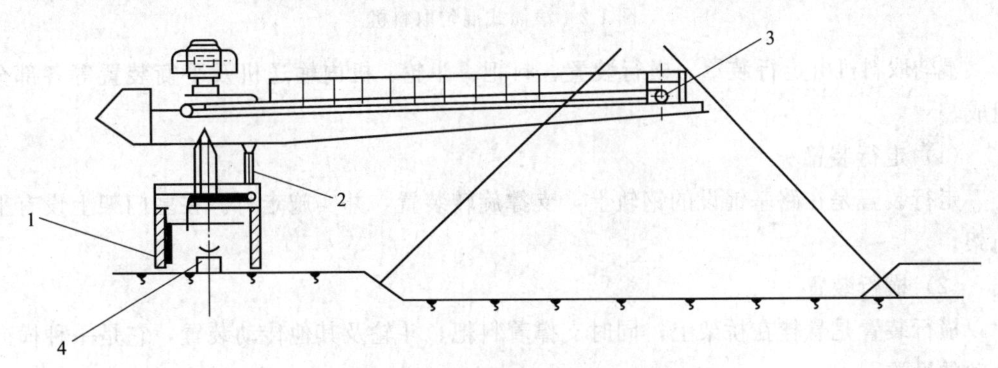

图 1-1 宝钢用混匀堆料机

1—走行装置；2—俯仰装置；3—悬臂输送机；4—尾车

混匀堆料机的主要结构是由走行装置、俯仰装置、悬臂输送机和尾车等组成。

（1）走行装置

在门形框架结构下设有车轮组，沿敷设在路基上的轨道走行，为了均衡各车轮的轮压，多采用平衡架的方式。走行装置为电力传动，速度是可调的。

（2）俯仰装置

悬臂胶带机的俯仰是由装在该输送机架上的俯仰机构实现的，一般可用卷扬机传动的方式进行。

（3）悬臂输送机

悬臂输送机是将来自尾车的原料，运送到堆场的设备，一般多采取尾部传动的方式。

（4）尾车

尾车是从主胶带输送机将原料装入堆料机内，再传给悬臂胶带输送机的一种装置。

1.3.2.2 混匀取料机

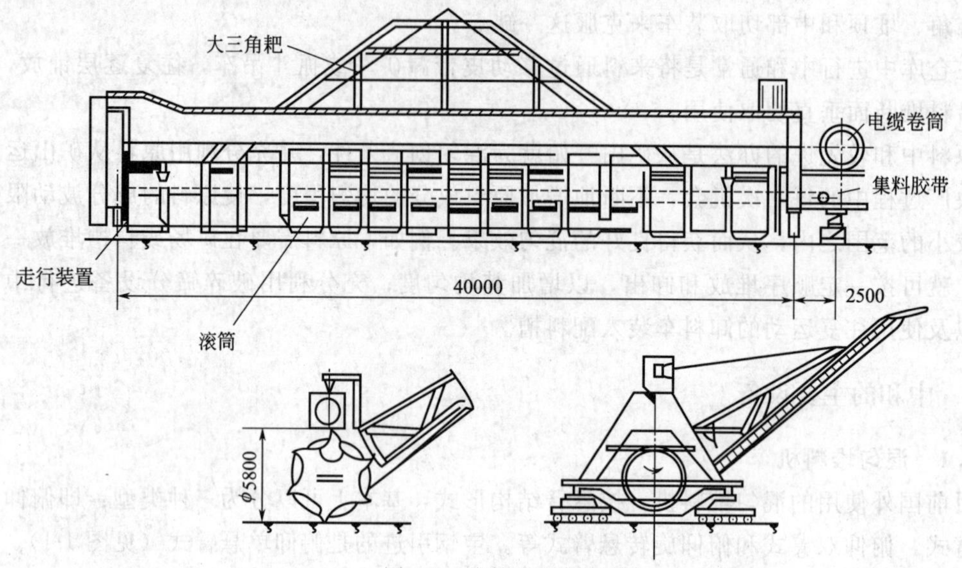

图 1-2 滚筒式混匀取料机

混匀取料机由走行装罩、横行装置、料耙、斗轮、机内输送机及平衡装置等各部分组成。

（1）走行装置

走行装置是在路基铺设的钢轨上，支撑旋转装置，并实施走行。在主门架上设有平衡架。

（2）横行装置

横行装置是悬挂在桥架上，同时支撑着料耙、斗轮及其他传动装置，它是一种横向移动的设施。

（3）俯仰装置

俯仰装置是转换场地或超过料堆时，使桥架俯仰，然后进行旋转和移动的装置。

（4）料耙及倾动装置

该装置是为了提高混匀效果，并且是防止混匀料堆塌落的装置；料耙的倾斜角度，可由机内运转操纵室进行调节。

（5）取料装置

取料装置形式多种，有斗轮式、滚筒式和刮板式等。是供应机内输送机的一种设施。

（6）机内输送机

对于采用斗轮取料的，机内输送设备穿过斗轮内，以收取从铲斗上流来的原料，通过溜槽向输送机输出。

（7）旋转装置

旋转装置是在调换料场时，使整个桥架旋转的装置，结构多采用旋转环。

1.3.3 注意事项

① 平铺料时，必须均匀地从一端到另一端整齐地条铺；

② 抓取料时，必须按指定的料堆从一端到另一端切取使用，不得平抓或乱抓。

1.3.4 思考题

① 原料中和的方法有哪些？

② 原料中和过程中应注意哪些问题？

任务 1.4 破碎原料

原燃料具有适宜的粒度是保证造块生产高产、优质、低耗的重要因素之一。原料破碎、筛分、磨碎的目的就在于从粒度上满足铁矿粉造块生产对原燃料粒度方面的要求。

1.4.1 破碎筛分工艺流程

矿石在破碎、筛分过程中通过皮带运输将破碎机械与筛分机械联系起来就构成了破碎筛分流程。破碎筛分流程的种类很多，均可归纳为以下几个要素：破碎的段数、筛分机械与破碎机械间的配置关系、筛上物是否返回。

在选择破碎、筛分流程时主要应考虑破碎物料的总破碎比（即给料粒度和最终产品粒度的比例），原料的物理性质，水分大小等因素。破碎比大时应经过两次或两次以上的多段破碎。破碎后不经筛分的被称为开路破碎，此流程简单，但产品粒度不稳定。破碎后需要筛分的称为闭路破碎。闭路破碎流程按筛分在破碎前或后，分为预先筛分和检查筛分两种。预先筛分是在原料破碎前先经筛分，筛去细粒，防止过分破碎并提高破碎机的生产能力，减少能耗。当矿石水分大而含泥多时，预先筛分还可以防止和减轻破碎机被堵塞的程度。检查筛分是原料先破碎、后筛分，目的是保证破碎产品的粒度和充分发挥破碎机的能力。

对于熔剂的破碎筛分来说，由于烧结所用的石灰石一般要求 0～3mm 的含量应大于 90%（球团则要求更细），而入厂的石灰石粒度上限为 40mm，有的甚至达 80mm 之上，所以必须将入厂的石灰石进行破碎，使其粒度达到生产上的要求。为了保证产品的质量和提高破碎机的能力，目前烧结厂破碎熔剂普遍采用图 1-3(a) 的流程。

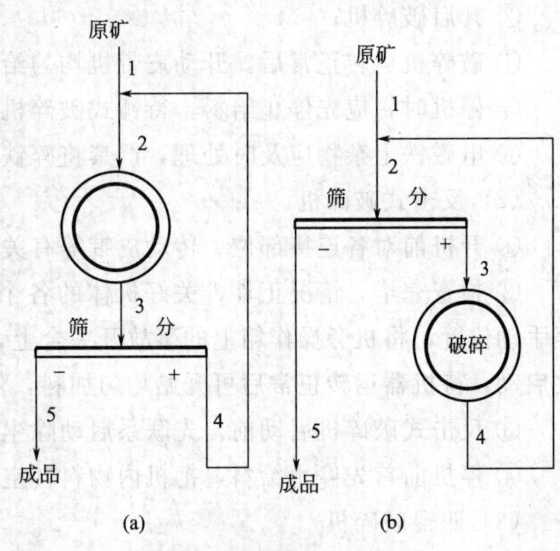

图 1-3 破碎筛分工艺流程

烧结造块所用的固体燃料有碎焦和

无烟煤。由于入厂的燃料粒度通常为 0～25mm，而生产上则要求在 0～3mm，为此，需要对固体燃料进行破碎与筛分。四辊破碎机破碎时，一般采用一段破碎流程就可以使小于 3mm 的部分达到 90%以上，不需进行筛分。用锤式破碎机破碎时，要进行检查筛分。但采用四辊破碎机破碎时，如果进厂燃料中混杂有较多的大于 25mm 的大块，可以考虑在进入破碎机前用振动筛筛除大块，或采用两段破碎，第一段可采用对辊机、锤式破碎机或反击式破碎机破碎。

四辊破碎机可以破碎焦炭，也可以破碎无烟煤。锤式破碎机破碎无烟煤比较好，破碎焦炭时往往由于焦炭水含量较高，使筛分发生困难。此外，锤头的磨损也快，其寿命只有破碎石灰石时的 59%。

球团厂对原料粒度的要求更严格，小于 200 目的精矿粉含量应占 70%～80%以上，其他添加物（熔剂、固体燃料、黏结剂）的粒度也要求尽可能细些。当入厂原料的粒度比较粗时（如粒度较粗的精矿粉，天然富矿粉和硅酸渣等），就需要在造球前把它磨碎。

球团厂原料的磨碎多采用球磨机干磨。如果原料含水较多，磨碎前还需进行干燥。当球团厂设在选矿厂附近时，从选矿厂送来的粗矿浆先在球磨机的开路系统或闭路系统中进行磨碎，然后再进行浓缩和过滤。如精矿中水分仍过高时，还需要进行干燥脱水。

其他添加物的磨碎，常采用球磨机、棒磨机或环磨机进行干磨。

球团厂的返矿，如不能送往烧结厂使用时，也需要进行磨碎，一般采用球磨机或棒磨机开路干磨。球团厂的配料中添加磨碎的返矿可以使过湿的原料水分有所降低，有利于造球。

1.4.2 技能实施

(1) 单辊可逆式锤式破碎机

① 开机前对照“设备点检表”进行逐一检查；

② 检查完毕，情况正常后，先向电磁铁送电源，待运输皮带启动后，开动除尘风机；

③ 开启破碎机；

④ 破碎机运转正常后，开动皮带机均匀给料；

⑤ 停机时，应先停止给料，待锤式破碎机内的物料转空后，方可停锤式破碎机；

⑥ 电磁铁上杂物应及时处理，严禁将碎铁等物带进破碎机内。

(2) 反击式破碎机

① 开机前对各连接部位、传动皮带等有关设备进行点检，并进行人工盘车数次；

② 检查完毕，情况正常，关好机体的各个小门，由电工将配电盘上的选择开关转至手动位置，将机旁操作箱上的事故开关合上，即可按操作箱上的启动按钮，破碎机随之启动，待机器运转正常后可开始均匀加料，停机时按停止按钮，并切断事故开关；

③ 反击式破碎机启动前，先联系启动除尘风机；

④ 停机前首先停止给料，把机内物料转空后，方可停机。

(3) 四辊破碎机

① 开车前对照点检表对设备进行逐一检查，启动前应先盘车；

② 检查合格，将除尘风机门关死，待运转正常后，再将风机门慢慢打开；

③ 合上事故开关，启动生产；

④ 四辊破碎机启动之后，调整丝杆弹簧，确认压力一致、上下辊间隙适当时，开动皮带机给料进行破碎；

⑤ 停止生产时，应立即切断事故开关，保证安全停机；

⑥ 非联锁工作制时，可使用机旁的“启动”、“停止”按钮，进行单机开停车操作。

1.4.3 注意事项

① 破碎物料时，不允许杂物尤其是金属块进入破碎机内；

② 运转中发现有杂音和振动时应立即停机检查、处理；

③ 在清除筛条间的堵塞料杂物时，要切断事故开关；

④ 注意破碎粒度的变化。及时调整折转板、箅条与锤头间隙，一般折转板与锤头间隙为3mm，箅条与锤头间隙为5mm。如有锤头磨损、筛条折断等应及时更换；

⑤ 反击式破碎机破碎粒度要控制在0～50mm范围内；要根据情况调整反击板与锤头之间的间隙，一般它们之间的间隙不要超过30mm；

⑥ 四辊破碎机启动时，应先启动下主动辊，待运转正常后，再启动上主动辊，四辊破碎机运转正常后再给料，给料要均匀。未正常启动前，不得向机内给料；

⑦ 四辊给料粒度0～25mm，大于25mm不得超过5%，水含量小于12%，出料粒度小于3mm；

⑧ 四辊间隙要经常调整，调整间隙时应缓慢，并保证两辊中心线平行，上辊间隙8～10mm，下辊间隙3mm；

⑨ 要均匀给料，保证转子或辊子整个长度上有料，给料量要适当。

1.4.4 思考题

① 破碎筛分时应考虑哪些因素？

② 破碎筛分的设备有哪些？

任务1.5 筛分原料

1.5.1 基本概念

通过单层或多层筛面，将颗粒大小不同的混合料分成若干个不同粒度级别的过程，称为筛分。对合格块度的物料分出粒度级别即为分级。目前常用的筛分设备有固定筛、圆筒筛、振动筛。筛分设备的工作效率用筛分效率表示。

筛分效率指的是实际筛出的产品（筛下物）质量占原筛分物料中所含筛下物总量的百分数。例如，在100t矿石中，10mm的占40%，用筛孔为10mm的机械筛筛分后，得到筛下物 30t，则筛分效率为$=\frac{30}{40}\times 100\%=75\%$。

筛子的生产能力常用筛分生产率来表示。筛分生产率是指每平方米筛面每小时所能处理的原料量［t/(m²·h)］。

筛子的大小常用筛网的长度和宽度表示，筛孔尺寸大小常用 mm 表示。而细粉物料则常用网目（简称“目”）表示。网目数是在 1 英寸（相当于 25.4mm）长度上所具有的大小相同的方孔数。根据国际标准筛制：200 目的方孔长度为 0.074mm；150 目的方孔长度为 0.1mm；100 目的方孔长度为 0.15mm；65 目的方孔长度为 0.2mm；48 目的方孔长度为 0.3mm；32 目的方孔长度为 0.5mm；16 目的方孔长度为 1mm。

1.5.2 技能实施

① 开机前检查弹簧与各部螺丝是否有松动；各轴承之间的油量是否符合要求；筛体与弹簧是否有裂痕；三角带是否有磨损或断裂的现象；筛网口是否干净，有无破网或堵塞现象，设备启动前应将除尘机风门关死；

② 一切准备工作完毕，在接到“预启动”信号后，即可合上事故开关，按启动按钮启动设备；

③ 非联锁工作时，设备可单个启动，常在设备检修和处理事故时用；

④ 振动筛运转正常后，将风机风门打开；

⑤ 正常停机由操作盘统一进行；

⑥ 非联锁工作制时，待筛内料走完，即可按机旁停机按钮，进行停机；

⑦ 注意筛网的使用情况，保证熔剂小于 3mm 的粒级达 90%以上，合格率在 95%以上。

1.5.3 注意事项

振动筛工作时，正常情况下，不准带负荷启动，正常停机时筛子上不准压料。

筛子经过长期使用后容易出现磨损，从而影响其筛分效率，因此，应经常检查振动筛上的料是否均匀，筛网有没有堵塞现象，发现振动筛有异常现象时应及时检查调整；从而保持较高的筛分效率。

1.5.4 思考题

① 筛分的设备有哪些？

② 筛分时应注意哪些问题？

任务 1.6 巡回检查破碎筛分系统

1.6.1 巡回检查路线

在原料的加工处理过程中，为了保证安全高效地进行生产、维护好设备并及时处理生产中遇到的问题，要对破碎筛分系统进行巡回检查。

锤式破碎机巡回检查路线

操作箱→电动机→减速机→皮带机托辊→皮带→电磁分离器→破碎机→上下料嘴

反击式破碎机巡回检查路线

操作箱→电流表→电机→三角带→转子→箅子→前后反击板→各部衬板→上下料嘴

四辊破碎机巡回检查路线

操作箱→上辊电机→上辊减速机→上辊→下辊电机→下辊减速机→下辊→润滑油路

圆筒给矿机检查路线

操作箱→闸板机构→电机→联轴器→减速机→开式齿轮→滑动轴承→圆筒

悬挂振动筛筛分系统巡回检查路线

操作箱→电机→减速机→圆筒→料仓闸门→吊簧→筛体

1.6.2 注意事项

① 巡回检查中要注意破碎机在运转中的振动是否正常，有无卡辊、堵料嘴、调整丝带断裂以及传动带的脱落现象，当发现破碎机工作不正常或破碎机内发出金属碰击声时，应立即停机检查；

② 要经常保持振动筛各轴承润滑良好，经常检查振动筛各部弹簧工作是否正常，筛网是否破损，发现故障及时排除。

1.6.3 处理常见故障

锤式破碎机常见故障及处理见表1-7，四辊破碎机常见故障与排除见表1-8，反击式破碎机常见故障与处理方法见表1-9，振动筛常见故障及处理见表1-10。

表1-7 锤式破碎机常见故障及处理

序号	故障	原因	处理方法
1	出料粒度大	锤头，条筛磨损严重； 条筛及折转板没有调整到合适的间隙	更换锤头，条筛； 适当调整条筛和折转板的间隙
2	出料个别粒度大	条筛有短缺； 折转板没有调整回去	更换或增加条筛； 关闭折转板
3	出料粒度均匀，但普遍＞3mm	锤头或条筛已磨损	更换锤头或条筛
4	轴承温度高	轴承有磨损或装配太紧； 缺油	更换或重新安装； 加油
5	机体振动大	转子失去平衡； 轴承损坏及地脚螺丝松动； 检修安装时超过允许误差	根据不同情况分别进行处理

表1-8 四辊破碎机常见故障与排除

序号	故障	原因	处理方法
1	卡辊	对辊太紧、压力不一致、辊子不平行； 给料量太大、太湿；电磁铁失效	停止给料并切断电机电源，转动上下减速机一周，检查有无夹料现象； 松动调整丝杆，启动电机带尽余料，再启动另一电机

续表

序号	故障	原因	处理方法
2	调整丝杆断裂	南北丝杆受力不一致，辊子一头紧一头松，调整丝杆松紧不一	检查修理
3	推力环脱出	辊皮螺丝松动和断裂	立即停车处理
4	传动带脱落	传动带胶接口不正； 辊子调整南北不一致，辊子不平行； 主动辊被动辊径向串动	检查修理

表 1-9　反击式破碎机常见故障与处理方法

序号	故障	原因	处理方法
1	转子不动与机内卡料	机内有大块与积料； 转子发生窜动； 板锤螺丝松动； 锤体移位产生无间隙磨损	切断事故开关； 打开封闭门清除； 杂物积料及检查调正； 进行盘车使转子有回转自身惯性力
2	堵料嘴	有大块或杂物	清理
3	皮带脱落	三角带松或轮盘不正	停机调整

表 1-10　振动筛常见故障及处理

故障	原因	处理方法
筛分质量不佳	筛网的筛孔堵塞 入筛的碎块增多，入筛物料水分增加 给料不均匀 料层过厚 筛网拉的不紧	减轻振动筛负荷 改变筛框倾斜角度 调整给料 减少给料 拉紧筛网
正常工作的振动筛转动过慢	传动皮带松	拉紧传动皮带
轴承发热	轴承缺乏润滑油 轴承堵塞 轴承磨损	向轴承注入润滑油 清洗轴承、检查更换密封圈 更换轴承
振动过剧	安装不良、或飞轮上的配重脱落	重新配重，平衡振动筛
筛框横向振动	偏心距的大小不同	调整飞轮
突然停止	多槽密封套被卡住	停车检查，调整及更换
在工作中发出不正常的声音	轴承磨损 筛网拉的不紧 轴承固定螺丝松 弹簧损坏	更新轴承 拉紧筛网 拧紧螺丝 更换弹簧
运转时摆动大	悬挂架和钢绳受力不匀	调整钢绳达到受力均匀

1.6.4　思考题

① 破碎筛分系统设备的检查线路？

② 破碎筛分时应注意哪些问题？

项目 2 准确称量各种原料

精心配料是获得优质烧结矿的前提。适宜的原料配比可以生产出足够的、性能良好的液相，适宜的燃料用量可以获得强度高、还原性良好的烧结矿，搞好配料是高炉高产、优质、低耗的先决条件。

烧结过程是一个复杂的氧化还原过程，氧的得失很难确定，所以理论配料计算很繁琐，需占用大量的时间，现场一般不予采用。

现场配料计算方法，归纳起来大致有如下几种。

(1) 反推计算法

该法一是要根据实际生产经验假定配料比，二是要进行多次调整验算，因此也很麻烦。

(2) 分析计算法

该种方法是通过已知数据列出数个方程联立求解，虽然能满足配料要求，但运算仍较麻烦。

(3) 行列式计算法

该计算方法是在解方程组时比较方便，但对行列式不太熟练的人计算仍较麻烦。

(4) 单烧计算法

单烧法是首先将各种矿粉进行单烧法计算列成表，然后进行综合计算。该种方法计算较为简便，但原料化学成分波动较大时不宜采用该方法。

(5) 图解计算法

图解计算法又分为三元图解法和单烧图解法。图解法的优点是简捷。三元图解法用于一次配料最为合适，但超过三元就不行了。单烧图解法仍然不适用于原料成分波动较大的场合。

(6) 快速调整计算法

快速调整计算法又分为有效 CaO 计算法和影响系数计算法。日前这两种方法在快速调整计算方法是较好的方法，尤其是影响系数计算法更好。

任务 2.1 准确称量各种原料

2.1.1 主要设备

配料使用的设备要求下料通畅、给料量均匀、稳定和便于调节。配料系统的设备主要有配料矿槽、给料设备和皮带电子秤或核子秤组成。

2.1.1.1 料仓

为保证配料量稳定，料仓设料位计或称重装置。

2.1.1.2 给料设备

烧结厂有多种多样的给料设备，它们是根据使用计划，按比例将原料从贮矿槽给出，比如有圆盘给料机，圆辊给料机，板式给料机，电振给料机，叶轮给料机、螺旋给料机和摆式给料机等。圆盘给料机是目前常用的配料设备。

(1) 圆盘给料机的特点

其优点是：给料粒度范围较大（0～50mm）、给料均匀准确、调整容易、运转平稳可靠、管理方便。缺点是构造较复杂、价格较高。

(2) 圆盘给料机的结构

圆盘给料机按其传动机构是否封闭，分为封闭式和敞开式两种。封闭式圆盘给料机传动的齿轮与轴承等部件装在刚度较大的密封箱壳中，因而有着良好的润滑条件，检修周期长。但设备重、造价高、制造困难，故大中型烧结厂采用较多。而敞开式圆盘给料机，没有良好的润滑条件，易落入灰尘、矿料和杂物，齿轮、轴及各转动摩擦部位会迅速磨损。但其设备轻、结构简单、便于制造，多为小型烧结厂采用。

圆盘给料机的构造如图 2-1 所示。它由传动机构、圆盘、套筒和调节排料量的闸门或刮刀组成。电动机经联轴节通过减速机来带动圆盘。圆盘转动时，料仓内的物料随着圆盘一起移动，并向出料口的一方移动，经闸门或刮刀排出物料。排出量的大小可用刮刀装置或闸门来调节。圆盘给料机套筒一般有蜗牛式或直筒式两种，蜗牛式套筒采用闸门排料，具有下料均匀、准确，对熔剂、返矿粉等配料尤其适合，但对水分含量较大的精矿粉，常常出现下料量波动大和堵料现象。直筒式套筒采用刮刀排料，堵料现象较蜗牛式套筒轻，但下料量波动大。故当精矿或粉矿用量较大时，宜用带活动刮刀的套筒；当熔剂或燃料用量小，而且要求精确性高时，宜用闸门式套筒。

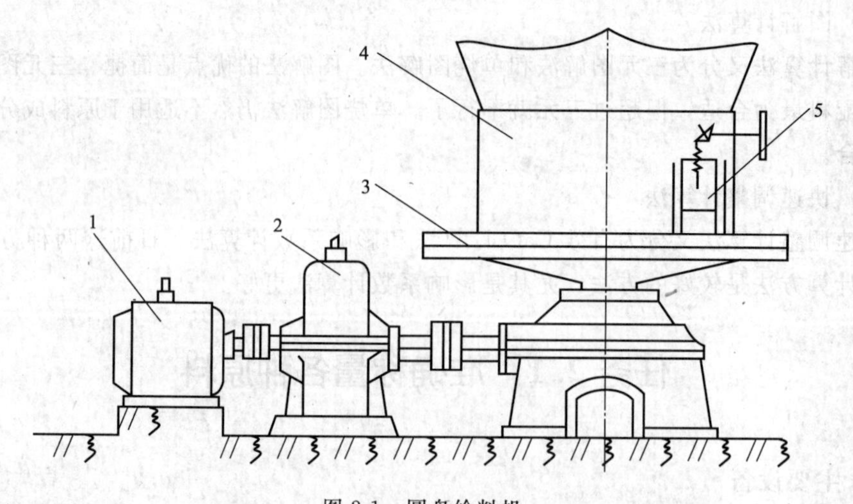

图 2-1 圆盘给料机

1—电动机；2—减速器；3—圆盘；4—套筒；5—闸门

2.1.1.3 称量设备

（1）电子皮带秤

电子皮带秤用于皮带运输机输送固体散粒性物料的计量上，可直接指示皮带运输机的瞬时送料量，也可累计某段时间内的物料总量，如果与自动调节器配合还可进行输料量的自动调节，实现自动定量给料。此外，它具有计量准确、反应快、灵敏度高、体积小等优点，因此，它在烧结厂被广泛地应用在自动重量配料上。

电子皮带秤由秤框，传感器，测速头及仪表所组成。秤框用以决定物料有效称量，传感器用以测量重量并转换成电量信号输出，测速头用以测量皮带轮传动速度并转换成频率信号，仪表由测速、放大、显示、积分、分频、计数、电源等单元组成，用以对物料重量进行直接显示及总量的累计，并输出物料重量的电流信号作为调节器的输入信号。

电子皮带秤基本工作原理如下：按一定速度运转的皮带机有效称量段上的物料重量 p，通过秤框作用于传感器上，同时通过测速头，输出频率信号，经测速单元转换为直流电压 u，输入到传感器，经传感器转换成 Δu 电压信号输出，电压信号 Δu 通过仪表放大后转换成 0～10mA 的直流电 I_0 信号输出，I_0 变化反映了有效称量段上物料重量及皮带速度的变化，并通过显示仪表及计数器，直接显示物料重量的瞬时值及累计总量，从而达到电子皮带秤的称量及计算目的。

该设备灵敏度高，精度在 1.5%左右，不受皮带拉力的影响。由于采用电动滚筒作为传动装置，电子皮带秤灵敏、准确，结构简单，运行平稳可靠，维护量小，经久耐用，便于实现自动配料。

（2）核子秤

电子皮带秤是采用压力传感器及速度传感器与微机组成的接触式的自动称量设备，其动态精度可达 1.5%。但由于是接触式的，它要受皮带颠簸、超载、滚轮偏心、皮带张力变化和刚度变化等因素影响，又由于采用的是压力传感器，其器件本身的精度受温度影响较大，且不适合于工作在高温、高粉尘、强腐蚀等恶劣环境中，实际使用证明，现有通用电子皮带秤的动态运行准确度没有保证。使用中需不断地对电子秤进行调整，否则会产生系统偏差。由于它需要经常校正、维护和维修，给计量工作带来繁重的负担，并且不能保证长期稳定、可靠地工作。

核子秤由于采用非接触式测量技术，并充分利用现代计算机及电子学的最新成果，它克服了传统电子秤的缺点，其特点如下。

① 根据 γ 射线穿过物料时其强度按指数规律衰减的原理，对输送机上传送的各种物料累积重量、流量进行非接触式在线测量。

② 不受皮带磨损、张力、振动、跑偏、冲击等因素影响，能长期稳定，可靠的工作。

③ 利用高新技术和特殊工艺制造的传感器具有极高灵敏度，可在高温、多尘、强电磁干扰、强腐蚀等恶劣环境下可靠运行。

④ 除皮带输送机外，还适用于电子秤不能应用的场合，如螺旋、刮板、链板、链

斗等各式输送机。

⑤ 测量秤架安装只需很少的空间，不需要对原设备进行改造。

⑥ 系统高智能化，操作非常简单，安装标定后，全部维护工作可由按键完成，正常工作下可无人值守。

⑦ 可用标准吸收校验板方便地对系统精度进行检测。

⑧ 可随时显示物料重量、负荷、流量，自动打印在某一时刻的累积量。

⑨ 具有漂移补偿及源衰减补偿功能，系统长时间运行稳定可靠。

⑩ 由于放射源的强度低，同时系统具有可靠的防护措施，这就保证了在秤架之外的放射剂量远低于国家公众人员防护标准。

核子秤的基本配置包括秤体和信号传输通道等。秤体部分包含γ射线输出器、γ射线传感器、传感器套筒、前置放大器、秤架、V/F变送器、放射源防护罩等；主机部分包含开关电源、CPU板、各种信号输入输出接口、打印机等。

核子秤的工作原理：核子秤是利用被测物料对同位素辐射源发出γ射线的吸收原理制造的一种新型计量仪器，射线通过物质时，由于被物质吸收和散射，其辐射强度减弱，减弱的幅度遵循一定规律，同时，放射线对惰性气体有激励作用，使气体电离产生电流。通过测定电离电流即可得知射线衰减程度，也可推知被测物的厚度和质量，从而计算出物料的累积重量、流量等参数。

γ射线输出器输出的γ射线，穿过物料到达传感器。物料对γ射线具有衰减作用，物料厚处透过的γ射线少，物料薄处透过的γ射线多，γ射线传感器根据所接收到γ射线的多少发出相应的电信号，由具有高放大倍率和高稳定性的前置放大器进行放大，放大后的传感器信号经V/F转换连同皮带的速度信号一起送入计算机中进行计算，得到皮带运料的各种有用的计量参数。

2.1.2 配料操作要点

① 严格按配料单准确配料，根据配料单的比例在计算机上进行设置，使配合料的化学成分合乎规定标准；

② 配碳量要达到最佳值，保证烧结燃耗低，烧结矿中FeO含量低；

③ 密切注意各种原料的配比量，发现短缺等异常情况时应及时查明原因并处理；

④ 配料比变更时，应在短时间内调整完成；

⑤ 同一种原料的配料仓必须轮流使用，以防堵料、水分波动等现象发生；

⑥ 某一种原料因设备故障或其他原因造成断料或下料不正常时，必须立即用同类原料代替并及时汇报，变更配料比；

⑦ 生石灰消化器的加水原则是：进料端进水多，沿生石灰加水方向逐渐递减。

2.1.3 烧结现场简易配料计算的主要公式

① 干料配比＝湿料配比×(100－水分)，%

② 残存量＝干料配比×(100－烧损)，%

③ 焦粉残存：焦粉干料配比×(100－烧损)＝焦粉干料配比×灰分,％

④ 烧结残存率＝(总残存/总干料)×100,％

⑤ 进入配合料中 TFe＝该原料含铁量×干料配比,％

进入配合料中 SiO_2＝该原料含 SiO_2 量％×干料配比,％

进入配合料中 CaO＝该原料 CaO 含量％×干料配比,％

⑥ 烧结矿 R 的工业计算：

$$R=\frac{w(\mathrm{CaO})_{矿}\times 矿石量+w(\mathrm{CaO})_{灰}\times 灰石量+\cdots}{w(\mathrm{SiO_2})_{矿}\times 矿石量+w(\mathrm{SiO_2})_{灰}\times 灰石量+\cdots+S} \tag{2-1}$$

式中 矿石量，灰石量——该物料的干料量，kg；

$w(\mathrm{CaO})_{矿}$，$w(\mathrm{SiO_2})_{灰}$——该物料的化学成分,％。

S——考虑生产过程的理化损失与燃料的影响引入的修正系数，其数值由试验决定，随着碱度的升高而升高，其值在 0.5～1.5 之间。

⑦ 配合料及烧结矿的化学成分：

TFe 料＝各种料带入的 TFe 之和/各种干原料之和；

TFe 矿＝各种料带入的 TFe 之和/总残存量；

$w(\mathrm{SiO_{2料}})$＝各种料带入的 SiO_2 之和/各种干原料之和；

$w(\mathrm{SiO_{2矿}})$＝各种料带入的 SiO_2 之和/总残存量；

$w(\mathrm{CaO_{料}})$＝各种料带入的 CaO 之和/各种干原料之和；

$w(\mathrm{CaO_{矿}})$＝各种料带入的 CaO 之和/总残存量。

⑧ 配用石灰石的计算公式（阿尔希波夫公式）。

$$石灰石加入量=\frac{100(ka-b)}{k(a-c)+(d-b)} \tag{2-2}$$

式中 k——规定的碱度；

a——除石灰石以外，料中（$SiO_2+Al_2O_3$）的含量,％；

b——除石灰石以外，料中（CaO＋MgO）的含量,％；

c——石灰石中（$SiO_2+Al_2O_3$）的含量,％；

d——石灰石中（CaO＋MgO）的含量,％。

⑨ 白云石配加量的计算公式。

$$白云石配比=\frac{[w(\mathrm{MgO_A})-w(\mathrm{MgO_B})]A}{[1-w(\mathrm{H_2O_{白}})]w(\mathrm{MgO_{白}})} \tag{2-3}$$

式中 $w(\mathrm{MgO_A})$——烧结矿要求的 MgO,％；

$w(\mathrm{MgO_B})$——未加白云石时，烧结矿的 MgO,％；

$w(\mathrm{H_2O_{白}})$——白云石中的含水量,％；

A——混合料的残存量,％；

$w(\mathrm{MgO_{白}})$——白云石中含 MgO 的量,％。

2.1.4 调整烧结矿成分的波动

生产过程中，由于各种原因，烧结矿成分难免会发生波动。烧结矿成分的波动类型以及调整措施见表 2-1。

表 2-1 烧结矿成分的波动类型及调整措施

类型	烧结矿成分波动				原因分析	调整措施
	TFe	CaO	SiO_2	$\frac{CaO}{SiO_2}$		
Ⅰ	＋	0	－	＋	铁料品位升高	高铁料与低铁料对调或减少高品位精矿粉或增加低铁矿
Ⅱ	－	0	＋	－	铁料品位下降	高铁料与低铁料对调或增加高品位精矿粉或减少低品位精矿粉
Ⅲ	＋	－	＋	－	铁料下料量增加或铁料水分减少或熔剂下料量减少	减少含铁料或增加熔剂
Ⅳ	0	＋	－	＋	熔剂 CaO 升高	减少熔剂配比
Ⅴ	－	＋	－	＋	熔剂下料量增加	减少熔剂配比
Ⅵ	0	－	0	－	熔剂 CaO 降低	增加熔剂配比

2.1.5 技能实施

(1) 开机前的准备工作

检查各圆盘给料机、配料皮带秤、皮带机等所属设备，以及各安全装置是否完好；检查矿槽存料是否在 2/3 左右。

(2) 开机操作

集中联锁控制时，接到开机信号，合上事故开关，由集中控制集中启动。

非联锁控制时，接到开机信号，合上事故开关，即可按顺序启动有关皮带机，再开启所用原料的配料皮带秤，最后开启相应的圆盘给料机。

(3) 停机操作

集中联锁控制时，正常情况下由集中控制正常停机，有紧急事故时，应立即切断事故开关。

非联锁控制时，接到停机信号，按逆开机方向逐一停机。

(4) 微机操作部分

① 按正常程序启动计算机；

② 正常情况下由计算机集中控制；

③ 需要手动时，把操作台上的转换开关打到手动位置即可进行手动操作。

2.1.6 注意事项

① 随时检查下料量是否符合要求，根据原料粒度、水分及时调整；

② 运转中随时注意圆盘料槽的粘料、卡料情况，保证下料畅通均匀；

③ 及时向备料组反映各种原料的水分、粒度杂物等的变化；

④ 运转中应经常注意设备声音，如有不正常音响及时检修处理；

⑤ 应注意检查电机轴承的温度，不得超过 55℃；

⑥ 圆盘在运转中突然停止，应详细检查，确无问题或故障排除后，方可重新启动，

如再次不能启动，不得再继续启动，应查出原因后进行处理。

2.1.7 思考题

① 配料操作的要点有哪些？

② 配料操作时应注意哪些问题？

任务 2.2 巡回检查配料系统

2.2.1 巡回检查路线

配料系统的巡回检查主要包括圆盘给料机与皮带电子秤两个系统的检查。

圆盘给料机检查路线

操作箱→电机→联轴节→减速机→圆盘

电子秤检查路线

操作箱→电机→联轴节→减速机→传感器→上、下托辊→皮带

2.2.2 注意事项

① 圆盘的闸门开口处，严禁有大块堵塞，如果发现应立即处理，以免烧坏电机；

② 处理圆盘内粘料时必须在停机时进行；

③ 经常注意皮带秤皮带是否跑偏，发现跑偏时应及时调整；

④ 经常注意皮带秤称量杆部分是否有块料、铁丝或其他东西卡住，保持传感部分清洁、灵活；

⑤ 不要敲击秤体以及在秤体上放置重物，如需在秤体上作业时，应将传感器旁的保护螺丝支起，使称量压头脱离传感器；

⑥ 漏斗必须经常清理以免堵塞。

2.2.3 处理常见故障

配料系统在生产中容易出现矿槽堵料，皮带打滑跑偏等故障，这些配料常见故障与处理措施见表 2-2、表 2-3。

表 2-2 圆盘给料机常见故障及处理

故障	原　因	处 理 方 法
圆盘跳动	圆盘面上的保护衬板松脱或翘起擦刮刀 有杂物或大块料卡入圆盘面和套筒之间 竖轴压力轴承磨损 伞齿轮磨损严重	处理衬板，使之平整或将松脱的紧固、磨损的更换 清除杂物及大块物料 更换轴承 更换支撑体或立式减速器伞齿轮
排料不均	闸刀松动或刮刀支座活动 带刮刀的套筒底边与圆盘面不平行 有大块料堵塞排料口 料仓粘料严重	固定闸刀和刮刀支座 调整更换套筒 清除大块物料 畅通料仓

续表

故障	原 因	处 理 方 法
减速机构有异常声音及噪声	轴承损坏 减速机内缺润滑油 齿轮损坏	更换轴承 适量加油 换齿轮
机壳发热	油变质 透气孔不通	换油 畅通透气孔
传动轴跳动,联轴器发出异常噪声	传动轴瓦磨损 齿轮联轴器无油干磨 支撑体槽轴轴承坏 减速器机尾轴承坏 联轴器损坏	换瓦 加油 换轴承 换轴承 更换联轴器

表 2-3　配料常见故障的原因与处理方法

序号	故障性质	原因	处理方法
1	矿槽堵料	物料水分过大	矿槽存料不宜过多,开动振动器处理
2	圆盘爬行、横轴断裂、闸门坏	料中有大块杂物卡住	检查排除异物、更换闸门
3	电机声响不正常,开不起来	负荷大;选择开关、事故开关位置不对或接触不良	找电工检查处理
4	减速机轴承温度高、有杂音	齿轮啮合不正,缺油; 轴承间隙小,横轴缺油	检查加油、调整间隙
5	皮带打滑跑偏	拉紧失灵,皮带松; 皮带有水,下料偏。	检查处理

2.2.4　思考题

① 配料系统检查时都需要检查哪些部件?

② 配料中常见的故障有哪些，如何处理?

项目3　烧结生产

烧结作业是烧结生产的中心环节，其操作的好坏直接影响烧结矿的产量与质量。烧结生产中要坚持“精心备料、稳定水碳、减少漏风、低碳厚料、烧透筛尽”的技术操作方针，严控“三点”温度（即点火温度、终点温度、总管废气温度），搞好五勤操作（勤检查、勤分析判断、勤联系、勤调整、勤清理），执行巡回检查。

任务3.1　混合原料

3.1.1　一次混合

一次混合的目的是将配料室配制的各种原料混匀、预热，并达到造球水分，为二次混合打下基础，为达到上述目的，其具体操作要求如下。

① 混合料的水分一般要根据原料的品种、粒度、温度、混合原料的水含量、料批重、返矿量及除尘放灰量的大小来决定。例如太钢要求混合料的水分夏天为6.9%，冬天6.8%，波动范围≤±0.2%；

② 目测判断水分的标准：水分适宜时的混合料经手握成团有指痕，但不黏手，料球均匀，表面反光；水分过低时有较多的干料；若水分过大，料面有光亮，发黏，烧结过程不好点火。

③ 注意观察信号灯指示以及混料机音响情况，严防跑“干料、湿料”；

④ 严守岗位勤捅料嘴，确保畅通无阻。

3.1.2　二次混合

二次混合的主要目的是：“第一，进行造球，改善混合料的透气性；第二，补加一定的水并通入蒸汽，预热混合料，使混合料的水分和温度满足烧结工艺的要求。”为达到上述目的，其操作要求如下。

① 准确控制机内的加水量和蒸汽量，使之符合规定的指标。

② 要经常取样、观察来料的水分和数量，及时调整蒸汽量与加水量，以防混合料水分与温度的波动。

3.1.3　主要设备

烧结厂常用的混料设备是圆筒混合机。

(1) 圆筒混合机的特点

混料范围广，能适应原料的变动，构造简单，生产可靠且生产能力大，但筒内有粘料现象且混料时间不足，同时振动较大。

(2) 圆筒混合机的结构

圆筒混合机主要由筒体、滚圈、支撑轮、传动机构、进出料漏斗和机架组成，其构造如图 3-1 所示。

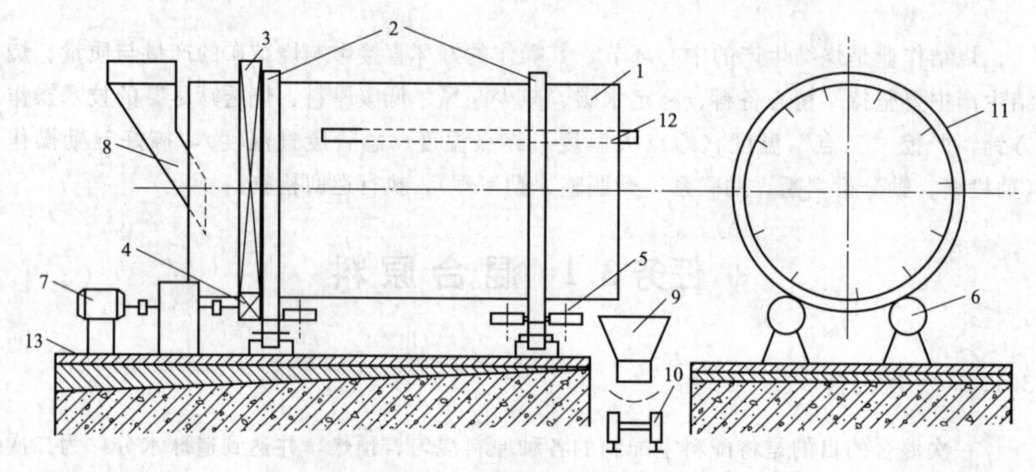

图 3-1 圆筒混合机简图

1—筒体；2—滚圈；3—传动齿圈；4—传动小齿轮；5—挡轮；
6—托轮；7—传动机构；8—给料漏斗；9—出料漏斗；
10—梭式给料器；11—角钢；12—给水管；13—钢板垫

筒体用钢板卷成圆体，经焊接而成，筒体外两个同心圆滚圈固定在筒体上，筒体通过滚圈放置在两组四支轮（托辊）上。辊道下部两侧还有挡轮，防止混合机轴向窜动。在圆筒中部或端部还装一个大齿圈，由传动装置的小齿轮带动大齿圈，使整个圆筒转动。

为减少混合机的振动和噪声，可将齿轮传动改为胶轮传动，其圆筒的支撑和传动全靠几组胶轮托辊来支托和滚动。

传动装置是由电动机、减速机和一组开式齿轮组成。整个混合机包括筒体、传动装置、进出料漏斗等，都装在一金属支架上，支架则固定在基础上，混合机内还装有给水水管。

(3) 圆筒混合机的工作原理

混合料进入圆筒后由于物料与筒壁之间产生摩擦力，在圆筒旋转时的离心力作用下，附于筒壁上升到一定的角度，然后靠重力的作用滚落下来，与上升的物料产生相对运动而滚成球。混合料在多次往复运动的过程中，在混合机倾角的帮助下，不断的向前移动。这种轴向移动速度主要与圆筒倾角有关。倾角越大，其移动速度也越快，亦即混合造球时间越短，效果也就越差，故混合机安装倾角一般最大不超过 4°。一次混合机为 2°～4°，二次混合为 1°31′～2°30′。

3.1.4 技能实施

① 开机前，除按混合机通用开停机规程要求进行设备的传动、润滑、电气、水管与阀门检查外，要对下列位置和部件进行认真检查：

检查并清除圆筒内衬板上滞留的一切钢铁件；

检查刮刀、刮刀杆与刮刀梁相对位置是否正常，刮刀杆、刮刀与梁的连接是否开焊与松动；

检查衬板有无螺栓松动、衬板翘起、压条开焊脱落等，并对出现的问题及时处理；

检查刮刀梁与进出口支架及支架与基础的焊接有无开焊与缺焊处；

检查水管、阀门、喷头是否齐全、严密不漏水、管道内是否已送水，各闸阀是否处于关闭状态。

② 检查均无问题时，合上事故开关，通知烧结集中控制室启动混合机。

③ 在非联锁或事故情况下，按机旁操作箱上的停止按钮或切断事故开关即可停机。

④ 不论联锁、非联锁，停车后，必须将事故开关切断，以免下次启动时联系失误，造成重大事故。

带料操作时，接到下料通知后，逐渐调整圆盘转速开始下料，同时打开高压蒸汽，并根据料流适当加水，待小仓料存到 1/3 以上，通知开烧结机。接到停料通知时，将圆盘给料机调速箱指针打到“零”位，停止供料。并随混合料的减少而逐渐关闭水门、关闭蒸汽门，当料仓的料少于 1/3 时，通知烧结停机。

⑤ 混料机加、停水操作。停机时水路系统各闸阀处于关闭状态；加水时先开总阀，再开支阀，待混合机进料后需加水时再开加水蝶阀；进料后视混合料水分大小决定是否加水，加减水效果待加减水后 2min 观察；停机时要立即停水（先关蝶阀，再关闸阀）；利用停机停水机会及时排放水过滤器内的过滤杂物。

3.1.5 混料系统巡回检查路线

一次混合巡检路线是

进料嘴→翻板→操作箱→电机→减速机→传动轴→托挡轮→皮带→下料嘴

二次混合巡检路线是

操作箱→电机→减速机→传动轴→托轮挡轮→梭式布料器

3.1.6 处理常见故障

巡回检查时发现故障与隐患要及时汇报与处理。圆筒混料机与梭式布料器在生产过程中容易出现的故障及处理方法见表 3-1、表 3-2。

3.1.7 注意事项

① 应经常注意混合料水分，其上下波动不得大于规定指标的±0.5%，料温要求在露点温度以上；

表 3-1 圆筒混料机常见故障与处理

序号	故障性质	原因	处理方法
1	筒体振动	四个托轮位置不正； 托轮或滑道磨损； 齿圈或滑道螺丝松动； 齿轮咬合不良	检查处理
2	筒体移位	挡轮磨损； 挡轮底座活动	把筒体用千斤顶顶回后加固挡轮底座
3	电器跳闸	负荷重； 衬板翘起碰刮料刀； 电器故障	检查衬板,然后处理
4	喷水管水眼堵死	水质不好,泥沙较多； 水蒸气将料黏在管上	查明原因,清理疏通或更换
5	机尾撒料	喇叭口磨损； 机尾集料多而厚,来料量大	焊补或更换清除机尾积料

表 3-2 梭式布料器常见故障与处理方法

序号	故障性质	产生原因	处理方法
1	梭式布料器停走或超行程	电器控制不良 行走齿轮磨损固定螺丝松动	检查处理 拧紧固定螺丝
2	梭式小皮带扯坏	掉下来衬板或杂物 皮带磨损	打好接头卡子或更换
3	转不起来	主动轮有料卡住 电器线路有故障 带重荷启动,主动轮有水打滑	消除卡料 电工修理 不带负荷启动

② 要经常用小铲取样，观察其水分大小，进行料温测定和粒度组成测定，并做好记录，以此作为操作的依据；

③ 圆筒内壁不应挂料过多，应在停机时抽空进行清理，以保持良好的混合效果和造球能力；

④ 变料与缓料时水分的开停必须掌握适当，避免发生上“干料”和上“湿料”的现象；

⑤ 小矿槽存料应保持在1/2～2/3范围内，严禁出现矿槽空槽现象。

3.1.8 思考题

① 一次混合的目的是什么，有哪些要求？

② 二次混合的目的是什么，有什么要求？

任务 3.2 将混合料布到台车上

3.2.1 主要设备

应用较广泛的是圆辊布料机、联合布料机、辊式布料机、宽皮带布料机几种。

（1）圆辊布料机

圆辊布料机又称泥辊，可单独用于烧结机的布料。它由圆辊、清扫装置和驱动装置组成，圆辊外表衬以不锈钢板，以便于清除粘料。在圆辊排料侧的相反方向设有清扫装置，布料机由调速电机驱动，其转速要求与烧结机同步。图 3-2 为烧结机用圆辊布料机布料示意图。给料量的大小由圆辊转速及闸门来控制。

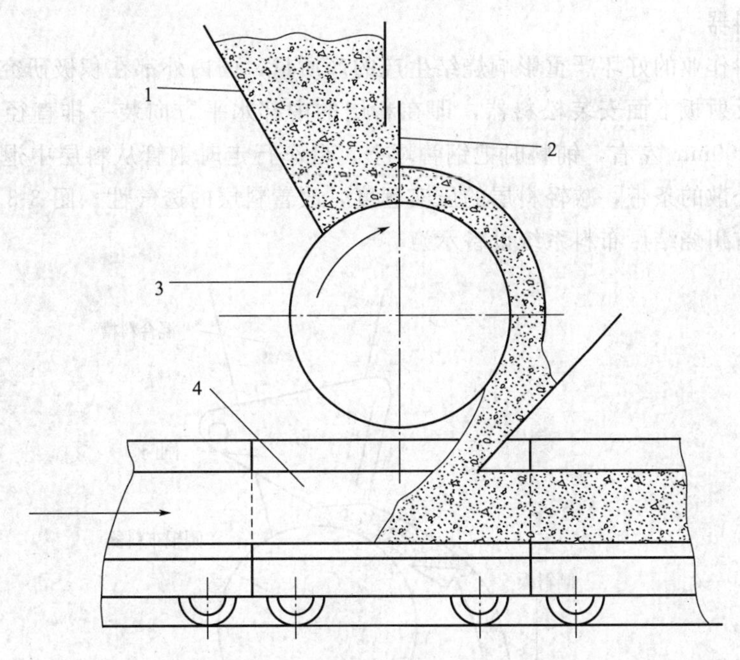

图 3-2　圆辊布料机示意图

1—小矿槽；2—闸门；3—圆辊；4—台车

圆辊的宽度和烧结机宽度相等，当圆辊旋转时，其上各点速度相同，因而能做到沿烧结机宽度上均匀给料。这种布料机的优点是工艺流程简单，设备运转可靠。缺点是布料的均匀程度受料槽中料面的高度和形状影响。

（2）反射板

反射板设在圆辊布料机的下部，它的作用是把圆辊布料机给出的料经反射板的斜面滚到台车上，在一定程度上起到了布料的作用。反射板的合适角度要根据混合料的性质来选择。角度小时，混合料的冲力小，铺料松散，料层透气性好，上下部粒度均匀，但易粘料，不易操作，照顾不到即出现拉沟现象。角度大时，混合料的冲力大，料易砸实，影响透气性。反射板的倾角一般为 45°～52°。

（3）联合布料机

联合布料机由梭式布料机与圆辊布料机组成。它是在圆辊布料机料槽的上方增设一台往复运动的梭式布料机。

梭式布料机实质就是带小车的给料皮带机。它主要由运输带、移动小车以及小车传动装置和皮带传动装置组成。靠小车的往复运动，混合料不是直接卸入料槽，而是经梭式布料机均匀布于料槽中，使槽内料面平整，做到布料均匀。

(4) 辊式布料器

混合料由圆辊布料机经反射板布于台车上，反射板经常粘料，造成混合料沿台车宽度方向布料偏析，影响烧结正常生产，现一般烧结厂已采用辊式布料器代替反射板布料。辊式布料器是由 5～9 个辊子组成的布料设备，工作时，由于相邻两辊靠近处运动方向相反，即可消除混合料粘辊现象，使布料更均匀。

(5) 松料器

由于布料作业的好坏严重影响烧结生产的产质量，国内外都在积极研究改进布料的措施。如在反射板下面安装松料器，即在料层的中部水平方向装一排直径约 40mm 的钢管，间距 200mm 左右，铺料时把钢管埋上，台车行走时钢管从料层中退出，在台车中形成一排松散的条带，减轻料层的压实程度，改善料层的透气性。图 3-3 为装有透气棒的神户加古川烧结厂布料系统设备示意。

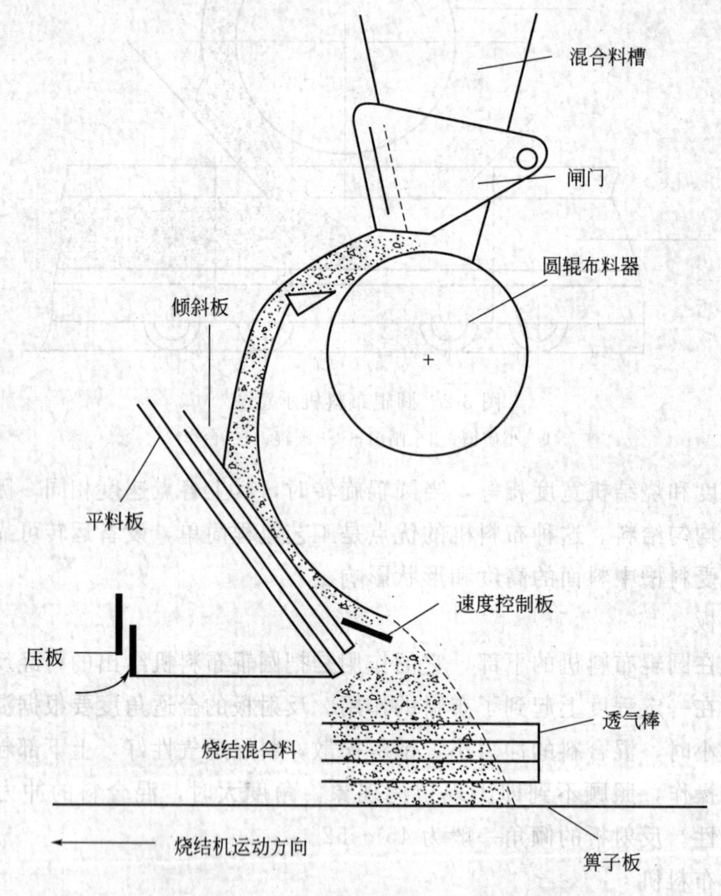

图 3-3 装有透气棒的布料装置

3.2.2 技能实施

(1) 布铺底料

布混合料以前，在烧结台车上先布一层厚约 20～40mm、粒度为 10～20mm 的烧结矿作为铺底料。

（2）布混合料

布混合料紧接在铺底料之后进行。烧结生产对布料的要求如下。

① 按规定的料层厚度布料，沿台车长度和宽度方向料面平整，无大的波浪和拉沟现象，特别是在台车拦板附近，应避免因布料不满而形成斜坡，加重气流的边缘效应，造成风的不合理分布和浪费。

② 沿台车高度方向，混合料粒度、成分分布合理，能适应烧结过程的内在规律。最理想的布料应是：自上而下粒度逐渐变粗，含碳量逐渐减少。从而有利于增加料层透气性，并改善烧结矿质量。双层布料法就是据此而提出来的。采用一般布料方法，只要合理控制反射板上料的堆积高度，使其产生自然偏析，也能收到一定效果。

③ 保证布到台车上的料具有一定的松散性，防止产生堆积和压紧。但在烧结疏松多孔、粒度粗大、堆积密度小的烧结料，如褐铁矿粉，锰矿粉和高碱度烧结矿时，可适当压料。以免透气性过好，烧结和冷却速度过快而影响成型条件和强度。

3.2.3 注意事项

原料在烧结机台车上的分布是否均匀，直接关系到烧结过程料层透气性的好坏与烧结矿的产量、质量，它是烧结生产中的主要问题之一。烧结生产中对圆辊布料器的要求如下。

① 烧结料沿台车宽度上要均匀分布，台车中间要平整，两边稍高，以克服台车边缘气流透气性过好、烧结过程不能均匀进行的缺陷，发现拉沟及压料要及时调整。

② 料层厚度应根据烧结料的透气性加以调整，一般精粉率高时，料层低些，富矿粉多时，料层高些。料层厚度通过调整泥辊转速来控制。比如某厂 $90m^2$ 烧结机，泥辊转速的线速度与烧结机的机速等于或接近于 3∶1。调整幅度大时，可调节泥辊闸门。

③ 压料辊吊挂的高低或轻重，应根据混合料的性质进行调整，若压料辊变型应及时更换。

④ 反射板的合适角度要根据混合料的性质来选择。角度小时，混合料的冲力小，铺料松散，料层透气性好，上下部粒度均匀，但易粘料，不易操作，照顾不到即出现拉沟现象。角度大时，混合料的冲力大，料易砸实，影响透气性。

布料是否合理可以从点火、机尾断面反映出来，压料严重则点火器火焰往外扑，机尾断面烧不透。拉沟或局部压料时，将使机尾烧结矿断面不整齐。

3.2.4 思考题

① 烧结生产对布料有哪些要求？

② 如何判断布料是否合理？

任务 3.3 点燃混合料

3.3.1 主要设备

烧结点火装置布置在第一真空箱的上方，点火所用燃料主要是气体燃料。气体燃料由于具有便于运输，和空气可以充分混合，燃烧充分，没有灰分，成本较低，设备简单可靠，劳动条件好，便于实现自动控制等优点被烧结厂广泛使用。常用的气体燃料有焦炉煤气、高炉煤气、天然气以及焦炉煤气与高炉煤气的混合气体。

目前点火装置主要有点火保温炉及预热点火炉两种。

点火保温炉是由点火炉和保温炉两段组成，中间用隔墙分开，两侧和端部外壳由钢板焊接而成，炉墙用耐火材料砌筑，在炉顶上留孔布置烧嘴。图 3-4 是顶燃式点火保温炉的典型结构图。

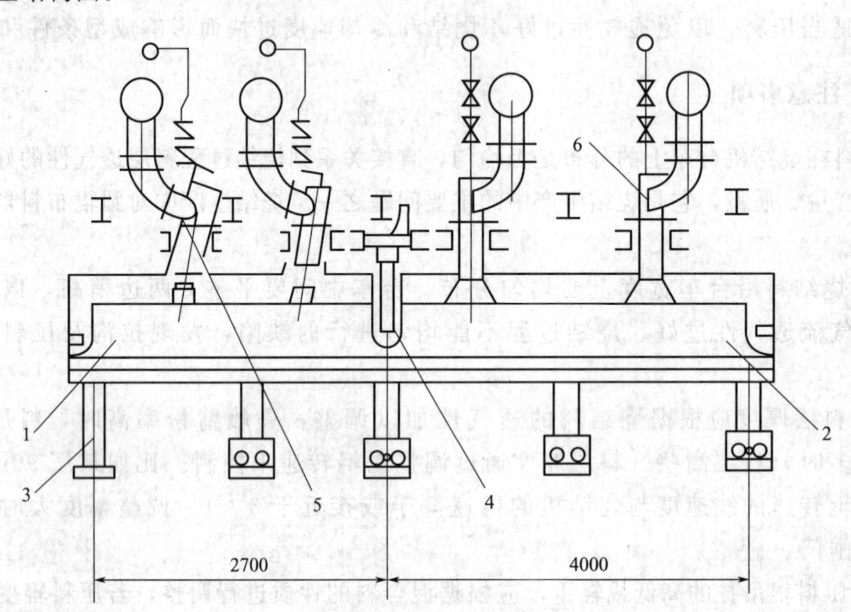

图 3-4　顶燃式点火保温炉

1—点火段；2—保温段；3—钢结构；4—中间隔墙；
5—点火段烧嘴；6—保温段烧嘴

预热点火炉由预热段和点火段组成，它在下列两种情况下采用：一种是对高温点火爆裂严重的混合料，例如褐铁矿、氧化锰矿等；另一种是缺少高发热值煤气而只有低发热量煤气的烧结厂。预热点火炉有顶燃式和侧燃式两种形式。

旧式点火炉一般采用顶部布置的低压涡流式烧嘴，满炉膛点火，点火效果差，能耗高。近十年来，国内外烧结点火技术迅速发展，各种不同类型的烧结点火烧嘴不断产生，使烧结点火能耗大幅度下降。如煤气-煤粉混烧式烧嘴，多缝式烧嘴，线型组合式多孔烧嘴，幕帘式烧嘴等。与过去相比，近期发展的新型点火炉由于烧嘴的火焰短，因此炉膛高度较低，同时点火热量集中，沿点火装置横剖面在混合料表面形成一个带状的高温区，使混合料在很短的时间内被点燃并进行烧结。这种点火装置节省气体燃料比较显著，重量也比原来的点火装置要轻得多，使我国的点火能耗逐年下降。

3.3.2 技能实施

目前，烧结生产常用的是气体燃料点火器，它的主要操作步骤如下。

(1) 点火前的准备

① 把煤气、空气闸阀关严，检查所有闸阀是否灵活好用。

② 检查冷却水流是否畅通。

③ 由主控工与仪表工联系，做好点火前的仪表准备工作。关闭煤气和空气仪表的阀门。

④ 向煤气管道通蒸汽，打开放散，并进行放水，同时准备好点火工具。

⑤ 关闭1、2号风箱，然后启动助燃风机。

⑥ 由主控工与煤气混合站联系，做好送煤气的准备，并通知调度告知煤气防护站做爆发试验。

(2) 点火程序

① 点火准备完毕后，发现点火器末端排水管处冒出大量蒸汽时，即可打开头道阀门。

② 打开煤气管道的调节阀和切断阀，调节阀开到适当位置，随即关闭蒸汽，放完水后关闭放水门，并通知仪表工把煤气、空气仪表阀门打开。

③ 在点火器煤气管道末端取样做爆发试验，合格后即可关闭放散管，否则要继续放散，重做爆发试验，直至合格为止。

④ 打开空气调节阀和烧嘴空气阀门吹扫1～2min，然后关闭空气调节阀和烧嘴空气阀门。

⑤ 将煤气点火管点着后，放进点火器内需要点火的烧嘴下方，开启该烧嘴的煤气阀门，把烧嘴点着，再慢慢开大，同时把该烧嘴的空气阀门打开，使煤气达到完全燃烧，然后按照先开煤气后开空气的原则把其他烧嘴点着。

⑥ 若煤气点火不着，或点燃后又熄灭时，应关闭该烧嘴的煤气和空气阀门，5min后再行点火，若仍点不着，应详细检查煤气管道翻板角度是否合适，打开放水阀放净残存积水，并打开末端放散阀门再行放散，依前步骤重新作煤气爆发试验，合格后再行点火。

⑦ 在烧嘴泄漏煤气不能确认的情况下，可用明火进行检查，即在机头台车上将引火物燃着后，开动烧结机，转至点火器内，然后再用煤气点火管点火。

(3) 灭火程序

① 关小煤气管道流量调节阀，使之达到最小流量，然后关闭点火器烧嘴的空气和煤气阀门。

② 关闭煤气管道头道阀门后，打开末端放散阀进行放散，通知仪表工关闭仪表阀

门，然后打开蒸汽阀门通入蒸汽驱赶残余煤气，残余煤气驱赶完后，关闭蒸汽阀、调节阀和切断阀。

③ 关闭空气管道上的空气调节阀，停止助燃风机送风。

④ 若检查点火器或处理点火器的其他设备需要动火时，应事先办动火手续及堵好盲板。

⑤ 堵盲板顺序：关好水封；通入蒸汽，打开总管放散，待总管放散吹出大量蒸汽后，把残余煤气赶尽，在煤气水封室堵盲板；堵盲板后，关闭总管放散，打开头道阀、调节阀、切断阀、点火器煤气管道末端放散门，从水封室通蒸汽吹扫，吹通以后，通知煤气防护站取气化验，化验合格方可施工。

生产过程中，要根据情况及时调整点火火焰长度。点火火焰长度的调整，必须使火焰最高温度达到料面，在生产中如果料层发生较大的变化，则应相应调整火焰长度，火焰长度的调整可以采用调节二次空气流量来实现，一般增加二次空气流量其火焰长度拉长，调整二次空气流量应慢慢地增加，以表明火焰吹灭。国内点火温度常控制在1050～1250℃，点火温度及煤气空气比例合适时，火焰呈黄白亮色，空气不足时，火焰呈蓝色，空气过多或温度过低时，火焰呈暗红色。点火温度的调节可通过调节煤气与空气的大小来实现。操作煤气调节器可以使点火温度升高或降低，操作空气调节器可以使煤气达到完全燃烧。使用煤气或空气调节器时，调节流量大小可用操纵把柄停留时间的长短来控制，操作调节器不要过猛、过快，应一边操作一边观察流量表的数字，最后将点火温度调到要求数值。通过上述方法仍然达不到生产需要时，必须查明原因，比如，混合料水分是否偏大，料层是否偏薄，煤气发热值是否偏低等。生产中点火温度的控制常采取固定空气量，调节煤气量的方法。

3.3.3 注意事项

① 点火时应保证沿台车宽度的料面要均匀一致。当燃料配比低、烧结料水分高、料温低或转速快时，点火温度应掌握在上限；反之则掌握在下限。点火时间最低不得低于 1min。

② 点火面要均匀，不得有发黑的地方，如有发黑，应调整对应位置的火焰。一般情况下，台车边缘的各火嘴煤气量应大于中部各火嘴煤气量。若台车两边仍点不着火，可适当关小 1 号、2 号风箱的闸门，点火后料面应有适当的熔化，一般熔化面应占 1/3 左右，不允许料面有生料及浮灰。对于 $90m^2$ 烧结机来说，台车出点火器后 3～4m，料面仍应保持红色，以后变黑；如达不到时，应提高点火温度或减慢机速；如超过 6m 应降低点火温度或加快机速，保证在 6 号、7 号风箱处结成坚硬烧结矿。

③ 为充分利用点火热量，增加点火深度，既保证台车边沿点着火，又不能使火焰外喷，就必须合理控制点火器下部的风箱负压，其负压大小通过调节风箱闸门实现。

④ 混合料点火时间与混合料的温度、湿度有关。混合料温度低、湿度大时，点火时间要长一些，可把烧结机机速减慢。

$$点火时间=点火器长/机速$$

⑤ 点火器停水后送水，应慢慢开水门，防止水箱炸裂；

⑥ 点火器灭火后，务必将烧嘴的煤气与空气闸门关严，以防点火时发生爆炸。

3.3.4 思考题

① 点火时应注意哪些问题?

② 如何根据生产情况调整点火火焰长度?

任务 3.4 混合料烧结成矿

3.4.1 主要设备

目前，烧结厂广泛采用带式烧结机进行抽风烧结。做好烧结机开车前的准备工作，严格按照开机、停机程序进行操作，并控制好烧结风箱的负压与烧结终点是烧结生产顺利进行的必要保证。

3.4.1.1 带式烧结机的工作原理

传动装置带动的头部星轮将台车由下部轨道经头部弯道而抬到上部水平轨道，并推动前面的台车向机尾方向移动。在台车移动过程中，给料装置将铺底料和混合料装到台车上，并随着台车移动至风箱上面即点火器下面时，同时进行点火抽风，烧结过程从此开始。当台车继续移动时，位于台车下部的风箱继续抽风，烧结过程继续进行，台车移至烧结机尾部的那个风箱或前一个风箱时，烧结过程进行完毕，台车在机尾弯道处进行翻转卸料，然后靠后边台车的顶推作用而沿着水平（摆架式或水平移动架式）或一定倾角（机尾固定弯道式烧结机）的运行轨道移动，当台车移至头部弯道处，被转动着的头部星轮咬入，通过头部弯道转至上部水平轨道，台车运转一周，完成一个工作循环，如此反复进行。

3.4.1.2 带式烧结机的结构

我国带式烧结机主要有两种结构形式，一种是摆架式，一种是弯道式。前者的特点是尾部有摆架（或水平移动架）用以吸收台车的热膨胀，避免台车的撞击和减少有害漏风，头部链轮与尾部链轮大小相同，尾部弯道采用三圆弧特殊曲线，台车的密封采用弹簧压板。后者的主要特点是在烧结机的尾部采用一种固定弯道，以吸收台车的热膨胀，尾部没有链轮，回车道具有一定的斜度，弯道采用圆形曲线，其台车密封采用刚性或弹簧压板。

带式烧结机由烧结机本体和给料装置、点火装置、抽风除尘设备等组成，图 3-5 为带式烧结机示意。

带式烧结机本体主要包括：传动装置、台车、真空箱、密封装置。

(1) 传动装置

烧结机的传动装置，主要靠机头链轮（驱动轮）将台车由下部轨道经机头弯道，运

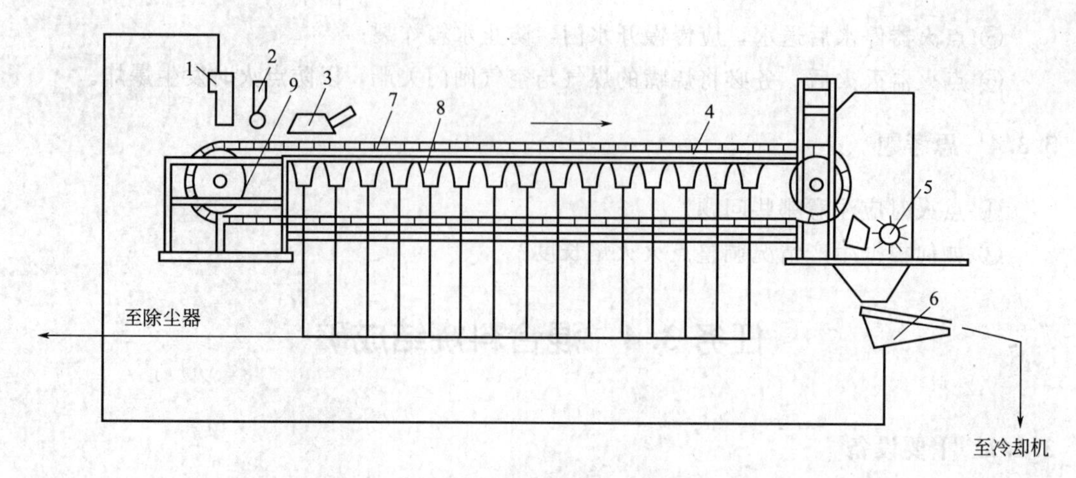

图 3-5 带式烧结机示意

1—铺底料布料器；2—混合料布料器；3—点火器；4—烧结机；
5—单辊破碎机；6—热矿筛；7—台车；8—真空箱；9—机头链轮

到上部水平轨道，并推动前面台车向机尾方向移动。如图 3-6 所示。

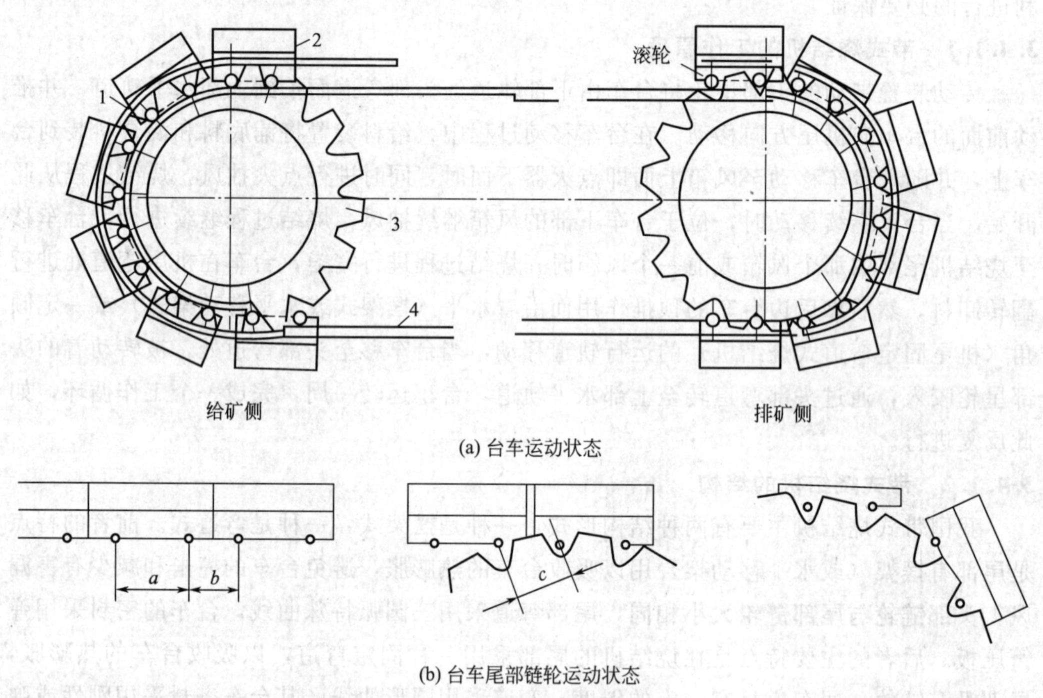

图 3-6 台车运动示意图

1—弯轨；2—台车；3—链轮；4—导轨

烧结机头部的驱动装置由电动机、减速机、齿轮传动和链轮等部分组成，机尾链轮为从动轮，与机头大小形状都相同，安装在可沿烧结机长度方向运动的并可自动调节的移动架上（见图 3-7）。首尾弯道为曲率半径不等的弧形曲线，使台车在转弯后先摆平，再靠紧直线轨道的台车，以防止台车碰撞和磨损。移动架（或摆动架）既解决台车的热

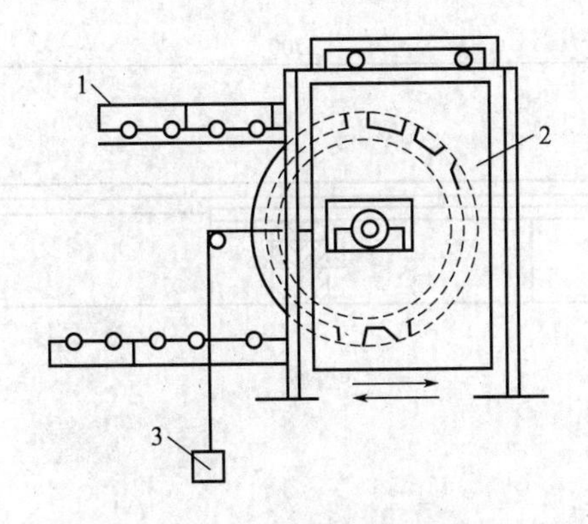

(a) 水平移动式尾部框架

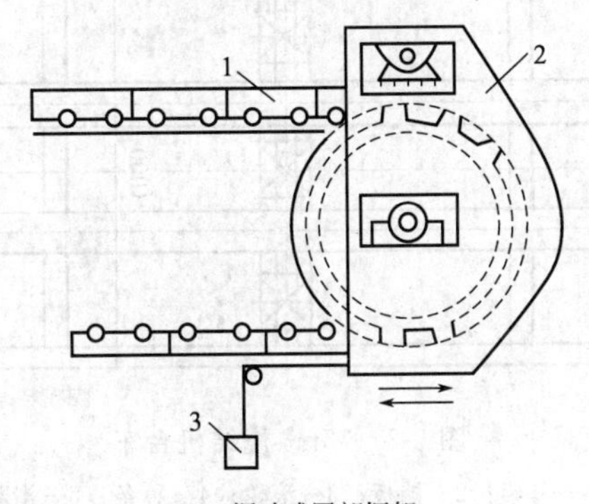

(b) 摆动式尾部框架

图 3-7 尾部可动结构

1—台车；2—移动架（a），摆动架（b）；3—平衡锤

膨胀问题，也消除台车之间的冲击及台车尾部的散料现象，大大减少了漏风。

旧式烧结机尾部多是固定的，为了调整台车的热膨胀，在烧结机尾部弯道开始处，台车之间形成一断开处，间隙为 200mm 左右，此种结构由于台车靠自重落到回车道上，彼此之间因冲击而发生变形，造成台车端部损坏，不能紧靠在一起，增加漏风损失；同时使部分烧结矿从断开处落下，还需增设专门漏斗以排出落下的烧结矿。

（2）台车

带式烧结机是由许多台车组成的一个封闭式的烧结带，所以，台车是烧结机的重要组成部分。它直接承受装料、点火、抽风、烧结直至机尾卸料，完成烧结作业。烧结机有效烧结面积是台车的宽度与烧结机有效长度的乘积。

台车由车架、拦板、滚轮、箅条和活动滑板（上滑板）五部分组成。图 3-8 为国产 $75m^2$ 烧结机台车。台车铸成两半，由螺栓连接。台车滚轮内装有滚动轴承，台车两侧装有拦板，车架上铺有三排单体箅条，箅条间隙 6mm 左右，箅条的有效抽风面积一般为 12%～15%。

台车的结构形式有整体，二体及三体装配三种形式。通常宽度为 1.5～2m 的台车为整体结构，宽度为 2～2.5m 的台车多为二体装配结构，宽度大于 3m 的台车多采用三体装配结构。材质为铸钢或球磨铸铁。

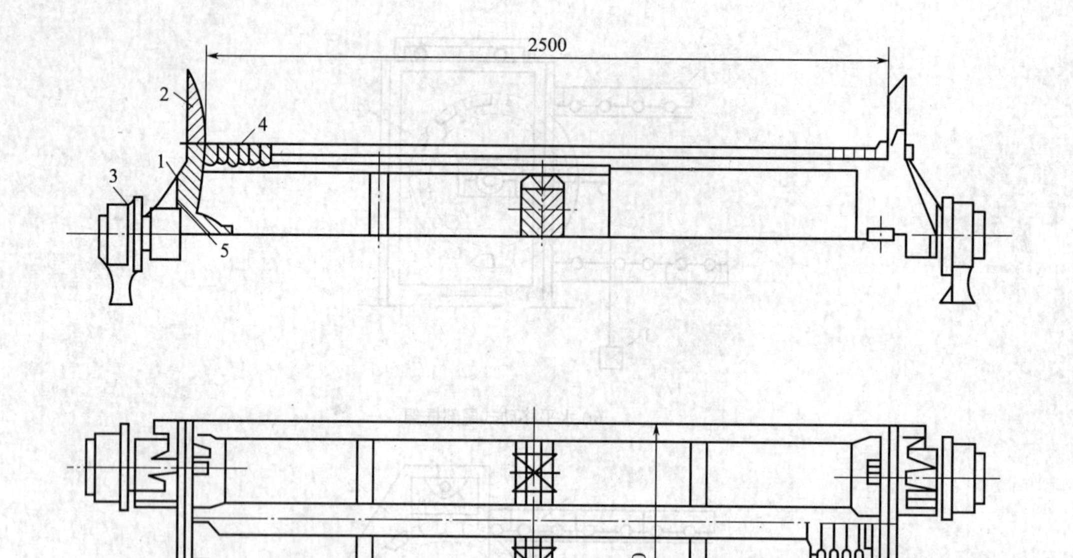

图 3-8　75m² 烧结机台车

1—车架；2—挡板；3—滚轮；4—箅条；5—滑板

在烧结过程中，台车在倒数第二个（或第三个）风箱处，废气温度达到最高值，在返回下轨道时温度下降。所以台车在整个工作过程中，既要承受本身的自重，箅条的重力，烧结矿的重力及抽风负压的作用，又要受到长时间反复升降温度的作用，台车的温度通常在200～500℃之间变化，将产生很大的热疲劳。因此既要求台车车架强度好，受热不易变形，箅条形式合理，使气流通过阻力小，而又保证抽风面积大，强度高，耐热耐腐蚀。

台车寿命主要取决于台车车架的寿命。据分析台车的损坏主要由于热循环变化，以及与燃烧物接触而引起的裂纹与变形。此外还有高温气流的烧损，所以建议台车材质采用可焊铸铁或钢中加入少量的锰铬等。

拦板用螺栓同车体固定，其工作条件恶劣，由于温度周期性急剧变化，导致交变热应力和相变应力，使拦板容易产生热疲劳裂纹而损坏，其寿命很短，应采用热疲劳抗力高，并具有一定抗氧化、抗生长性能的材料制作。同台车车体一样，现在大多采用铁素体球墨铸铁 QT42-10 铸造，也有用灰铸铁铸造的。

每一台车安有四个转动的车轮（滚轮），轮子轴是使用压下法将轴装在车体上。车轮一般采用滚动轴承。轴承的使用期限是台车轮寿命的关键，其使用期限一般较短，主要原因是使用一段时间后，车轮的润滑脂被污染及流出，使阻力增大磨损加剧。现在用滑动轴承代替滚动轴承。

台车底是由箅条排列于台车架的横梁上构成的。箅条的寿命和形状对生产影响是很大的。一般要求箅条材质能够经受住激烈的温度变化，能抗高温氧化，具有足够的机械强度。铸造箅条的材质主要是铸钢、铸铁、铬镍合金钢等。

(3) 真空箱

真空箱装在烧结机工作部分的台车下面，用钢板焊成，上缘弹性滑道与台车底面滑板紧密接触，下端通过导气管（支管）同水平大烟道连接，其间设有调节废气流的蝶阀。真空箱宽度与台车宽度对应，长度方向则用横隔板分开。日本在台车宽度大于3.5m的烧结机上，风箱分布在烧结机的两侧，风箱角度大于36°。400m^{2}以上的大型烧结机，多采用双烟道，用两台风机同时工作。

(4) 密封装置

台车与真空箱之间的密封装置是烧结机的重要组成部分。运行台车与固定真空箱之间的密封程度好坏，影响烧结机的生产率及能耗。风箱与台车之间的漏风大多发生在头尾部分，而中间部分较少。

新设计的烧结机多采用弹簧密封装置。它是借助弹簧的作用来实现密封的。根据安装方式的不同分为上动式和下动式两种。

① 上动式［见图3-9(a)］。上动式密封就是把弹簧滑板装在台车上，而风箱上的滑板是固定的。在滑板与台车之间放有弹簧，靠弹簧的弹力使台车上的滑板与风箱上的滑板紧密接触，保证风箱与大气隔绝。当某一台车的弹性滑板失去密封作用时，可以及时更换台车，因此，使用该种密封装置可以提高烧结机的密封性和作业率。目前，这是一种较好的密封装置。

② 下动式［见图3-9(b)］。下动式密封是把弹簧装在真空箱上，利用金属弹簧产生的弹力使滑道与台车滑板之间压紧，这种装置主要用于旧结构烧结机的改造上。

烧结机首、尾风箱的密封，是防止漏风的重要环节。烧结机采用四连杆重锤式密封衬板石棉挠性密封装置。机头设1组，机尾设1～2组，密封板由于重锤作用向上抬起，与台车横梁下部接触。密封装置与风箱之间采用挠性石棉板等密封，可进一步提高密封效果。这种靠重锤和杠杆作用浮动支撑的方式，由于克服了金属弹簧因疲劳而失去弹性的缺陷，从而避免了台车与密封板的碰撞，比弹性密封效果好。也有的工厂在首尾风箱两端加一个“死风箱”充填石棉水泥，使台车底面与充填物接触来达到密封目的。

3.4.2 技能实施

(1) 开车前的准备

① 机头、机尾的弯道内及台车运行轨道上应无障碍物；

② 台车上应无杂物，以免给下道工序造成堵塞料嘴或扯断皮带事故；

③ 各轴承及减速机内油量要合乎标准，油路畅通；

④ 各电器开关及操作手柄要良好，位置要正确；

⑤ 检查完毕后，合上事故开关，通知内控可以启动。

(2) 烧结机手动开、停程序

① 开车：通知电工将电磁站的选择开关选到手动位置后，合上事故开关，按动开

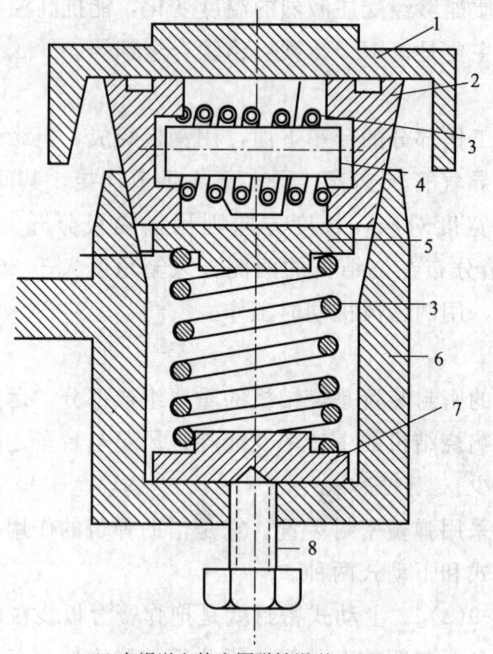

(a) 在滑道上的金属弹性滑道

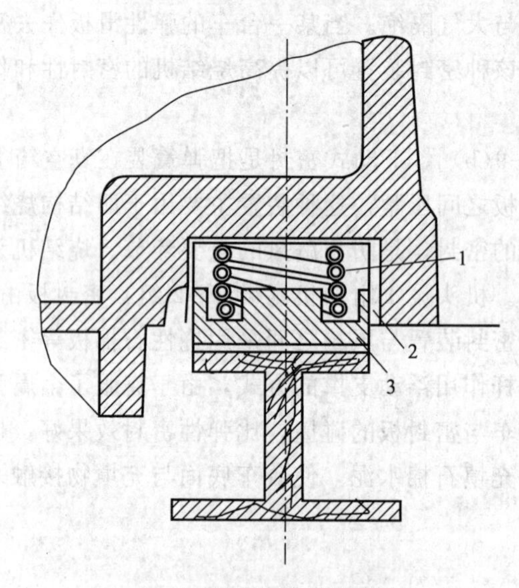

(b) 在台车上的金属弹性滑道

图 3-9 弹压式密封装置

(a) 1—弹性滑板；2—游动板；3—弹簧；4—固定销；5—上垫；

6—弹簧槽；7—下垫；8—调整螺丝；

(b) 1—弹簧；2—游板槽；3—游板

车按钮，电动机就开始运转。

② 停车：先将转差离合器，调节器打到零位，然后按动停车按钮或切断事故开关，电动机停止运转。

（3）烧结机参加系统联锁的开、停程序

① 开车及停车均由主控工操作掌握，但遇到事故紧急停车时，可切断机旁操作箱上的事故开关。若不是紧急事故，未经内控或组长许可不能停车，矿槽空料例外；

② 设备运转正常时，再逐渐调速。

（4）带料生产

① 点火及各项工作准备好后，通知内控联系有关岗位带料生产。

② 当混合料经过点火器下面时应开大煤气，调节空气与煤气的比例，使点火温度满足要求；

③ 当混合料到达各风箱上部时，从 1 号风箱开始，根据要求，依次开启各风箱闸门，进行生产。

3.4.3 开停车手动与联锁的几项规定

① 正常时烧结机及其他设备均参加系统联锁，一般不单独采取手动操作，只有在检修后试车或处理事故时，才单独手动操作。

② 高压鼓风机不参加联锁，需要时可单独开车，停车。

3.4.4 控制烧结过程参数

3.4.4.1 负压的控制（以某烧结厂 90m^2 烧结机为例）

① 为了保证点火顺利和不破坏混合料的原始透气性，应关小 1 号风箱阀门，使负压一般保持在 6000Pa 左右，2 号风箱阀门稍关，3 号风箱及其以后各风箱阀门均全部打开，机尾风箱负压应依次下降。下降过多说明过烧或机尾密封板跑风严重，可适当控制最后一个风箱的负压。

② 当总管负压降低时，说明抽风系统漏风增加或风机叶片磨损严重。短时急剧下降，说明过烧、布料不良、烧结机漏风或除尘系统漏风严重，应及时检查处理。

③ 多管除尘器前后压差随风量变化而变化，风量大，压差大，一般在 700～1500Pa 之间。当多管堵塞时，压差增大；多管磨透窜风时，压差减小。如果个别风箱有堵塞现象，一旦压差超过规定值时，也应结合主管废气温度或其他一些影响因素综合分析判断，通过适当调整料层、机速或水碳等措施解决。

④ 正常情况下负压上升受混合料过细、水分过大或过小、料层增厚或压料、配碳量过高、没烧透等因素的影响。负压降低时则受混合料粒度、料层过薄或拉沟、过烧的影响，应及时查明原因进行调整。

3.4.4.2 烧结终点的控制（温度制度）

烧结终点即烧结结束或风箱温度最高之点，正确的烧结终点应该在机尾倒数第二个风箱的位置上。在混合料透气性波动不大的情况下，应采取稳定料层厚度，调整机速的办法来调整控制烧结终点。如料层透气性波动较大时，应先根据不同情况稳定影响料层透气性的各种因素，并适当的调整料层厚度，然后再通过调整机速来正确控制烧结终点。

3.4.4.3 烧结料水分地判断与控制

(1) 水分的判断

水分适宜时，手握成团，有柔和感，料团上有指纹但不黏手或有少量粉料黏在手上。抖动即敞开，有小球颗粒料面无特殊光泽。

水分过大时，料有光泽，手握成团，抖动不易散开，有泥黏在手上。

水分不足时，手握不能成团，料中无小球颗粒或小球颗粒甚少。

水分适宜的烧结料，台车料面平整，点火火焰不外喷，机尾断面解理整齐。

水分过高时，下料不畅，布料器下的料面出现鱼鳞片状，台车料面不平整，料层自动减薄，严重时点火火焰外喷，出点火器后料面点火不好，总管负压升高，有时急剧升高，总管废气温度急剧下降，机尾断面松散，有窝料“花脸”，出现潮湿层。

水分过小时，台车料面光，料层自动加厚，点火火焰外扑，料面溅小火星，出点火器后的料面有浮灰，烧结过程下移缓慢，总管负压升高，废气温度下降，机尾呈“花脸”，粉尘飞扬。

水分不均时，点火不匀，机尾有“花脸”。

(2) 烧结料水分的控制

发现烧结料水分异常，烧结工要及时与二次混合工序联系，并针对情况采取相应的措施。一般应采取固定料层、调整机速的方法，水分偏大时减轻压料，适当提高点火温度和配碳量或降低机速，只有在万不得已的情况下，才允许减薄料层厚度。

3.4.4.4 烧结过程中碳的判断与控制

混合料固定碳高时，料面出点火器后 2～3m 仍不变色，表面过熔结硬壳，总管负压、废气温度升高，机尾断面有火苗，赤红层大于 1/2，粘炉箅子，烧结矿气孔大，呈蜂窝状，FeO 含量升高。在降低燃料配比的同时，可采取降低点火温度，减薄料层，加快机速等措施。

混合料固定碳低时，表层点火不好，离点火器台车的红料面比正常缩短，料面有粉尘，垂直烧结速度减慢，总管负压、废气温度降低，机尾断面红层簿，火色发暗，严重时有“花脸”，烧结矿 FeO 含量降低。在增加燃料配比的同时，可采取提高点火温度，增加料层厚度，减慢机速等措施。

当燃料粒度大时，点火不均匀，机尾断面冒火苗，局部过熔，断面呈“花脸”，有粘台车现象。及时与配控（配料控制室）联系，在严格加工粒度的同时，可采取适当减少配碳量，提高料层厚度或加快机速等措施。

3.4.5 注意事项

① 必须保证沿台车宽度上的点火均匀、沿烧结机宽度和长度的料层厚度一致，从而保证混合料的透气性和质量均匀；

② 烧结机机速的调整应缓慢，不得过急；

③ 随时注意烧结过程各主要参数（点火温度、废气负压、温度等）的仪表反映是

否正常，发现问题及时处理；

④ 每班必须活动风箱闸门一次，特别是点火器下的风箱闸门；

⑤ 临时停车时，煤气、空气关到最小值，保持点火温度在700℃左右，关闭时先关空气阀，待风量指针开始下降，立即关煤气，以免放炮。

⑥ 经常检查烧结机运行情况。比如，台车上箅条是否完整，如有短缺应及时补齐；台车有无挂料现象，如有应及时清理；风箱闸门开闭是否灵活，风箱堵塞要及时处理等。

3.4.6 处理烧结机常见故障

烧结机常见故障及处理见表3-3。

表3-3 烧结机常见故障及处理

部位	故障	原因	处理方法
电动机	外壳温度升高 轴承温度升高 运转有杂音 振动	超负荷，电压低 轴承坏，轴承缺油或油过多 定子松动，风片松动，轴承间隙大 中心不正，螺丝松动	减少机械摩擦 更换轴承或加油 检修或换件 调整中心，紧固螺丝
减速机	传动有噪声 振动	齿轮啮合不好，缺油，打尺，轴弯 中心不正，螺丝松动	调整、加油或换新件 调整中心，紧固螺丝
点火器	火焰不均 火焰外飘 内衬烧穿塌陷	煤气闸门开度不均 煤气流量或压力过大 撞落托板，烧损长期使用	调整各煤气闸门 调整煤气流量 挖补、定期检修
台车	台车挡板变形 炉箅掉落 台车挡板卡反射板或点火器	螺丝松动，烧损变形 箅条松动歪斜，压紧销失效 挡板螺丝脱落	紧固螺栓，更换挡板 补齐箅条 立即停车，倒转，拧紧挡板螺丝或更换挡板
	换台车时新台车放不进去	要更换的台车吊起后，其余台车发生移位	将机尾摆动架固定，倒转，至机头反射板或辊式布料器前，用两根道木顶住台车，打正转，转到吊车下，更换新台车
	台车在轨道上蠕动 台车上回车道	润滑不良 安装误差 台车跑偏	加强润滑 找准烧结机中心线 立即停车，倒车退回，先固定上回车道的后一块台车，盘车出现200mm间隙后，用起重机吊起
	台车轱辘卡弯道 台车塌腰，甚者卡风箱隔板 台车脱轨 台车轮掉落	台车轱辘脱落 台车烧损、塌腰变形 台车塌腰卡后尾箱隔板 台车塌腰，在运行中偏离轨道 挡圈调，轴承坏，珠粒松动	倒车将轱辘顶出 塌腰台车吊起更换 塌腰台车吊起更换 更换新台车 检修，或更换新台车
弹性滑道	严重磨损大量跑风 挡灰板掉落	润滑不良，长期使用 螺栓脱落，台车串动碰撞	加强调整，定期更换 检修，补上螺栓
机头机尾弯道	弯道扭曲变形 台车跑偏 环形轨紧固螺丝松动 环形轨道内衬板翘起脱落	超载或撞击 前后错位 突变负荷 焊缝开裂	检修 检修 紧固螺丝 定期焊补更换衬板
特殊情况	停电	断电	切断电源，把烧结机选择开关打到断电位置 关闭空气、煤气闸门 停止上料 关闭抽烟机阀门
	停煤气或煤气低压	断煤气 煤气压力低	关闭煤气开闭器 用蒸汽驱散多余煤气 通知煤气工进行处理
	停水或冷却水低压	断水 水压低	关闭煤气的开闭路 减少或停止点火器煤气或油的供应 不断地将铺有生料地台车转到点火器下

3.4.7 思考题

① 烧结过程中负压如何控制？

② 烧结终点如何控制？

③ 烧结过程中水分如何判断与控制？

④ 烧结过程中碳如何判断与控制？

任务 3.5 烘炉操作

为了防止新建或检修后的点火器因急剧升温而损坏炉衬，必须进行烘炉操作。烘炉操作的好坏直接影响点火器的寿命。

3.5.1 技能实施

① 对点火器的炉衬、烧嘴及冷却器等设备进行详细全面检查；

② 烘炉前的准备：首先，准备足够的片材；其次，用煤气烘炉前应先引煤气（方法和步骤按点火操作规定进行）；第三，通知仪表工做好点火前的仪表准备工作；

③ 低温区用片材烘炉，高温区用点火器烧嘴烘炉；

④ 按照烘炉升温时间表和烘炉升温曲线进行烘炉操作。

3.5.2 注意事项

① 烘炉升温的原则是升温速度要缓慢，保温时间要长；

② 烘炉温度波动范围在±20℃；

③ 烘炉温度上升到800℃以上的高温区时，为防止烧坏台车，要继续向前移动台车或低速运转烧结机。

3.5.3 思考题

烘炉时应注意哪些问题？

任务 3.6 烧结抽风机操作

抽风机是带式烧结机的心脏，因此，要做好抽风机的开、停机操作及启动前和运转过程中的检查、维护工作。

3.6.1 抽风机的结构及工作原理

它是由带叶轮的转子、机壳、联轴节、轴承、风扇、润滑系统、电机、空冷系统等组成。当电动机带动叶轮旋转时，空气从两侧进风口进入，随叶轮旋转，在离心力的作用下，从叶轮中心被甩向边沿，以较高速度流入蜗壳，并由蜗壳导流向排风口流出，此时风机在进风口处形成一定的真空度（负压），使空气经台车上的料面、风箱、除尘管、多管除尘器而进入风机。由于叶轮的不断旋转，进风口的烟气不断地经叶片间的流道蜗壳向排风管流出，使烧结过程得以进行。

3.6.2 技能实施

① 对照抽烟机点检设备内容进行点检；（询问和检查百叶窗调节门、烧结各风箱、大烟道、除尘器的人孔是否关闭，检查电动机与抽烟机的旋转方向是否符合规定；检查油箱中的油位是否符合要求，抽烟机启动前，油箱中的油位应不少于油箱容积的 2/3；检查冷却水流动是否畅通及冷却系统是否完好；检查所有仪表的灵敏性；启动电动油泵，检查油泵运转方向，润滑管道安装的正确性及回流情况，并校正安全阀；对抽烟机转子进行手动盘车检查等）

② 关闭进口阀门，打开出口阀门；

③ 设备正常时进行开机操作。提前启动润滑油泵；复查废气阀门是否微开，防止风机进入飞动区运转；发出启动信号启动风机；启动完毕，一一复核有关仪表数据；当风机达到额定转速，油压达到额定油压时，应停电动油泵；油温达到 35℃时，接通冷却水；最后逐渐打开抽烟机进口阀门。

④ 停机操作。关闭抽烟机进口阀门；启动电动油泵，油压达到规定值后，按抽烟机停止按钮；待其停稳后，再经 20min 可停电动油泵。

3.6.3 注意事项

① 启动抽烟机时，必须两人配合，一人操作，一人观察，发现问题立即停止启动操作、向上汇报并进行处理；

② 抽烟机启动的时间必须在烧结机开车前一段时间进行；

③ 电机进出口风温差不超过 20℃；

④ 抽烟机与电动机遇有下列情况时应立即采取紧急停车措施：

a. 风机与电动机强烈震动，机壳内部有金属撞击声与摩擦声；

b. 轴承温度大于 65℃，打开冷却水后，仍有升高趋势；

c. 油压太低，电动油泵启动仍不能满足要求；

d. 轴承或密封处出现冒烟；

e. 发动机温度突然升高；

f. 发生停电。

3.6.4 处理烧结抽风机常见故障

烧结抽烟机常见故障及处理见表 3-4。

表 3-4 烧结抽烟机常见故障及处理

部位	故障	原因	处理方法
电动机	外壳温度超过 50℃	超负荷、电压低	适当减少风量
	轴承温度高有杂音	油量不足、油压波动、油温高、油质变差	检查油压、油量、调整冷调器，换油
	运转有噪声	定子转子铁芯线圈松动，轴瓦间隙大等	停机检查，排除松动，更换轴瓦
	振动	中心不正，与风机不水平，地脚螺丝松动	调整中心、水平、紧固螺丝
	同步、励磁机电刷火花大	电刷接触不良，滑环不光，严重点触	调整或更换电刷、停机修磨滑环
风机	轴瓦温度高	轴瓦间隙不当，润滑不良，轴承不对中心、不水平等	检查轴瓦，调整中心水平、调整油温或更换润滑油
	基础或轴瓦测量振幅超过 0.05mm	转子失去平衡，轴瓦间隙太大或瓦已研坏，不对中心，不水平	作转子动平衡试验、更换轴瓦，调整中心水平
	轴向窜动严重	风机气封间隙不均，轴瓦不水平	处理气封，风机找正找平
齿轮接手	径向跳动轴向窜动	电机风机中心不重合，不水平	找中找正
	运转有噪声	负荷不均，齿轮间隙大，不对中，润滑不良	检查更换齿轮接手，找平找正，改善润滑
主轴油泵	运转有异响，供油不匀	风机窜轴，油泵轴瓦间隙大，端盖磨损	检查修复或更换油泵
	输油管路油流速度不等	油量分配不当，管路不畅通等	检查处理管路，保证油路绝对畅通
电动油泵	油压过高或过低	压力调得高，油路阻塞等	调整调压阀和溢流阀
	空转不供油	齿轮泵已坏或弹性柱销切断	检查油泵处理接手，必须具备当主泵失效时立即启动供油

3.6.5 思考题

① 抽风操作时应注意哪些问题？

② 抽风机常见的故障有哪些，如何处理？

任务 3.7 处理烧结矿

烧结矿处理就是对烧结矿进行破碎、筛分和冷却，其目的是保证烧结矿粒度均匀并除去未烧好的部分，避免大块烧结矿在料槽内卡塞和损坏运输皮带，为烧结矿的冷却与高炉冶炼创造条件。

3.7.1 主要设备

3.7.1.1 单辊破碎机

(1) 剪切式单辊破碎机的结构

烧结矿的破碎一般使用单辊破碎机，目前我国普遍采用的是剪切式单辊破碎机，其构造如图 3-10 所示。它主要是由星辊、轴辊、轴套、水管、固定箅及传动减速机构组成，箅板是固定的，设在破碎机的下面，星辊在箅板条之间的间隙内转动。破碎齿冠由耐热耐磨材料堆焊或镶块而成。破碎齿的形状不一，有三齿的也有四齿的，一般以四齿的为多。

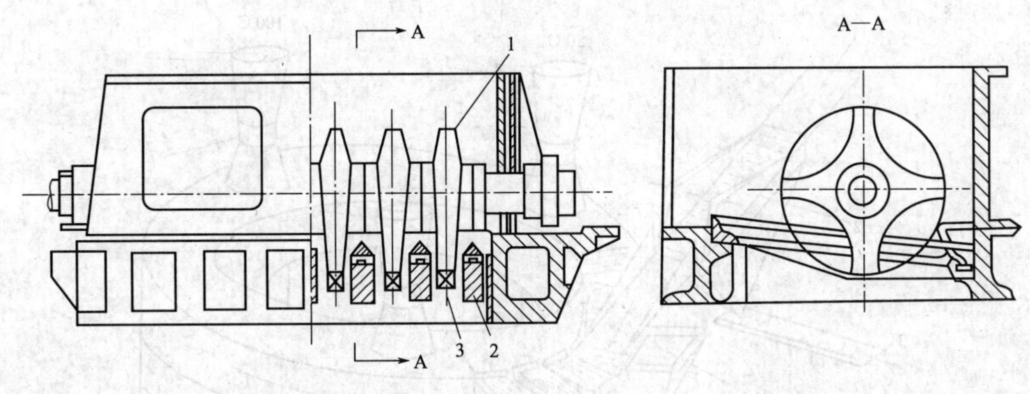

图 3-10 剪切式单辊破碎机

1—星辊；2—固定蓖；3—齿冠

(2) 剪切式单辊破碎机的工作原理

剪切式单辊破碎机是借助转动的星辊与侧下方的箅板形成剪切作用将热烧结矿破碎的。齿辊在箅板间的空隙间旋转，烧结矿进入后被齿辊和箅板剪碎至150mm以下，由箅板间隙落入下面的溜槽中，然后进入筛分设备。

设备的规格用星辊的直径和长度来表示。如 Φ1400×2600 表示单辊破碎星辊直径为1400mm，长度为2600mm。

(3) 剪切式单辊破碎机的特点

破碎粒度均匀、粉矿少，结构简单，工作可靠，生产效率高。主要磨损件为星辊的齿冠，箅板的衬板更换方便，主轴采用中空通水冷却，以减轻烧结矿的高温对设备的不利影响。

3.7.1.2 耐热振动筛

(1) 耐热振动筛的结构

耐热振动筛是由筛箱、振动器、中间联轴节、挠性联轴节、减振底架、电动机等部分组成。筛箱是筛子的运动部件，由筛框、筛箅板、箅板固定装置以及挡板所组成，振动器是产生激振力的部件。

(2) 热振筛的工作原理

振动器上的两对偏心块在电机带动下，作高速相反方向旋转，产生定向惯性力传给筛箱，与筛箱振动时所产生的惯性力相平衡，从而使筛箱产生具有一定振幅的直线往复运动。筛面上的物料，在筛面的抛掷作用下，以抛物线运动轨迹向前移动和翻滚，从而达到筛分的目的。

3.7.1.3 环式冷却机

环式冷却机由机架、导轨、扇形冷却台车、密封罩及卸矿漏斗等组成，烧结机机尾热振筛及环式冷却机见图3-11。

传动装置由电机、摩擦轮和传动架组成。传动架用槽钢焊接成内外两个大圆环，每个台车底部的前端有一个套环，将台车套在回转传动架的连接管上。后端两侧装有行走轮，置于固定在内外圆环间的两根环形导轨上运行。外圆环上焊有一个硬质耐磨的钢板

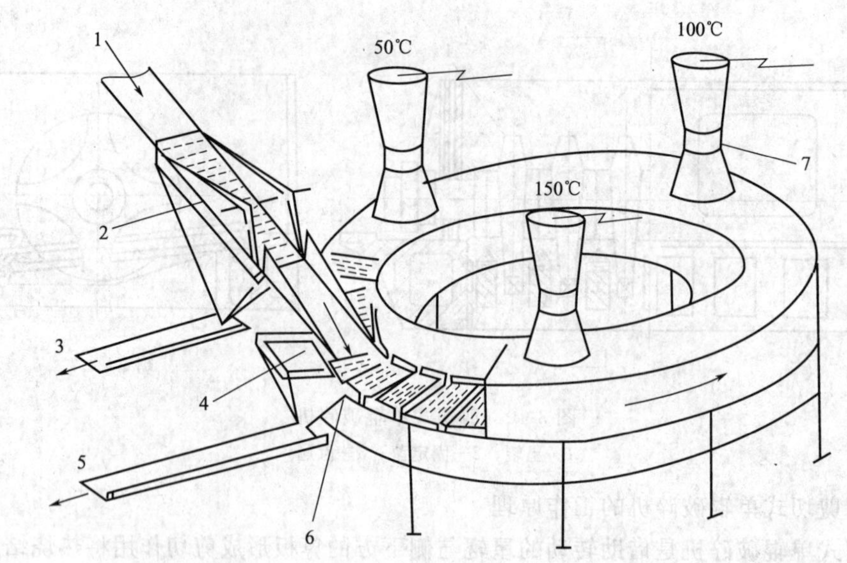

图 3-11 烧结机机尾热振筛及环式冷却机

1—热烧结矿；2—热振筛；3—热返矿；4—卸矿；5—冷烧结矿；6—布料；7—轴流风机

摩擦片，该摩擦片用两个铸钢摩擦轮夹紧，当电动机带动摩擦轮转动时，供两者间摩擦作用，使传动架转动而带动冷却台车做圆周运动。

根据通风方式不同，环式冷却机可分为抽风环冷机和鼓风环冷机两大类。

抽风式环冷机的台车底部安装有百叶窗式箅板和铁丝网，上部罩在密封罩内。在环形密封罩上等距离设置三个烟囱，内安装轴流式抽风风机。风机布置在排气罩的上方，利用风机在料层上方产生的负压，把冷空气从台车底部吸入，冷空气在穿过料层时与烧结矿进行热交换而达到冷却的目的。被加热的空气由风机通过各自的烟囱排入大气。为避免冷空气从料面吸入；排气罩的两侧与台车栏板之间必须严格密封。抽风机的数量取决于冷却机的处理能力以及排风量，一般应设置两台以上。

鼓风式环冷机与抽风式环冷机的区别在于冷空气是由鼓风机从台车底部鼓入，通过烧结矿加热后从烟罩排入大气。因此台车需要设置风箱和空气分配套，风箱与台车底部需严格密封，而排气罩除高温段因防止粉尘外逸需采取密封措施外，其余部分可采用屋顶式的排气罩。

按台车运行方向，卸矿槽设在烧结机尾部给矿点的前面位置。卸矿槽上的导轨是向下弯曲的。热烧结矿经热矿筛的给矿装置进入台车，台车运动的过程中，受到从台车下经百叶窗式箅条抽入的冷风冷却，当台车行至曲轨处时，后端滚轮沿曲轨下行，台车尾部向下倾斜 60°，在继续向前运行过程中，将冷却后的烧结矿卸入漏斗内。卸完后，又走到水平轨道上，重新接受热烧结矿。如此循环不断，工作连续进行。

环形冷却机是一种比较好的烧结矿冷却设备。它的冷却效果好，在 20～30min 内烧结矿温度可降到 100～150℃。台车无空载运行，提高了冷却效率且运行平稳，静料层冷却过程中烧结矿不受机械破坏，粉碎少。环式冷却机结构简单，维修费用低。

3.7.1.4 带式冷却机

带式冷却机也是目前世界上广为应用的一种冷却设备，它是一种带有百叶窗式通风孔的金属板式运输机，如图 3-12 所示。带式机是由许多个台车组成，台车两端固定在链板上，构成一条封闭链带，由电动机经减速机传动。工作面的台车上都有密封罩，密封罩上设有抽风（或排气）的烟囱。

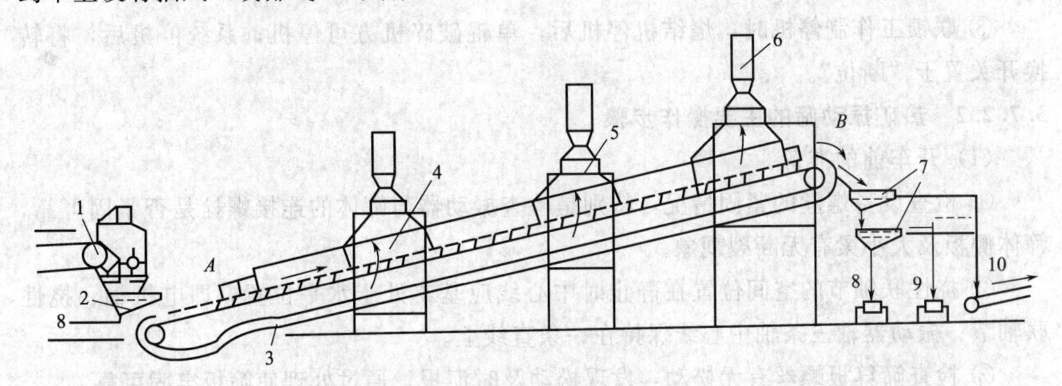

图 3-12 带式抽风式冷却机示意

1—烧结机；2—热矿筛；3—冷却机；4—排烟罩；5—冷却风机；6—烟囱；

7—冷矿筛；8—返矿；9—底料；10—成品烧结矿

带式冷却机的工作原理是热烧结矿自链带尾端加入台车，靠卸料端链轮传动，台车向前缓慢的移动，借助烟囱中的轴流风机抽风（或自台车下部鼓风）冷却，冷却后的烧结矿从链带头部卸落，用胶带运输机运走。

带式冷却机除了设备可靠外还具有如下特点。

① 烧结矿边冷却边运输，适于多台布置，有利于老厂改建，增添冷却设备。

② 冷却效果较好，热矿由 700～800℃ 冷却到 100℃，冷却时间一般20～25min。

③ 布料均匀。由于带式冷却机台车是矩形的，并且沿直线运行，因而烧结矿能够均匀地布在台车上，不易产生布料偏析和短路漏风现象。

④ 带式冷却机可安装成一定地倾角，兼作运输设备，把冷却的烧结矿运至缓冲矿槽。

⑤ 带式冷却机设备制造比环式冷却机简单，且在运转过程中不易出现跑偏、变形等问题，因而设备的密封性能好。

⑥ 由于带式冷却机卸矿时翻转 180°，细粒烧结矿一般能掉下来，所以箅条不易堵塞，冷却效果好。

⑦ 但是，带式冷却机的回车道是空载的，因而设备重量较相同处理能力的环式冷却机要重约 1/4。同时，带式冷却机的轴流风机安装在带冷机上方的高架式机架上，对安装检修不便。

3.7.2 技能实施

3.7.2.1 单辊破碎机的主要操作步骤

① 开机前检查单辊破碎机的安全装置、各部连接螺丝、轴承润滑情况是否正常；各漏斗是否堵塞，齿冠、箅板的磨损情况如何；

② 联锁工作制时，检查合格后接到开车信号，将操作箱上的转换开关转向“通”的位置，稍后设备按料流方向依次启动；

③ 联锁工作制停机时，烧结机停机后，单辊破碎机方可停机；系统停机后，将转换开关置于“断位”。

3.7.2.2 热矿振动筛的主要操作步骤

(1) 开车前的准备

① 检查设备螺丝的紧固情况，特别是检查振动器与筛体的连接螺栓是否紧固可靠，筛体侧板及大小梁有无断裂现象。

② 挠性联轴节的空间位置在静止时中心线应基本处于水平位置，即电机轴、挠性联轴节、振动器轴三条轴中心线保持在一条直线上。

③ 检查筛箅板螺丝有无松动，发现松动及时汇报。通过处理使筛板牢固可靠。

④ 检查筛面是否平整，不得因弹簧受力不均而发生任何位置的偏斜，筛板应无大的孔洞。

⑤ 检查振动器的安装质量，并用手盘动偏心轴，应保证偏心轴转动时灵活轻便.不得有阻力过大或卡死现象；基础螺丝无松动、丢失。

⑥ 检查油路是否畅通无阻，轴承箱是否有足够的润滑。

⑦ 检查设备转动部分有无障碍物。

⑧ 上、下漏斗应无堵塞，漏斗的衬板应保持无翘头及脱落。

⑨ 待检查完毕后，确认无问题，合上事故开关，通知主控启动。

(2) 开车

接到开车信号，认为一切正常将操作箱上的转换开关转向“通”的位置，按启动按钮，热振筛即可启动。

(3) 停机

按停机按钮时设备停转，停机后，将转换开关置于“断位”。

3.7.2.3 冷却机的主要操作程序

(1) 带式冷却机的操作（非联锁工作制时）

① 开机前对冷却机和各部分设备进行检查；

② 启动成品皮带机；

③ 启动冷却风机；

④ 将工作制转换开关打到联锁位置，按“启动”按钮启动带式冷却机；带冷机运转速度的快慢由变频调速器来控制；

⑤ 停机时，首先旋动变频调速器至零位，设备停转后，将转换开关置于

“断位”。

(2) 环式冷却机的操作

① 做好开车前的准备工作；

② 联锁操作时接到启动信号后，立即打开水冷系统的冷却小闸门，把转差离合器调速器旋钮打到零位；将该设备的选择开关打到自动位置，并将机旁事故开关合上，当转差离合器传动电机启动后，再将转差离合器电源开关合上，然后将调速器旋钮向加速方向旋转，但转动旋钮不能过猛，应根据生产要求调到适当位置；

③ 系统停车后，将事故开关与调速器的电源切断。

3.7.3 注意事项

① 经常检查单辊破碎机的工作情况和齿冠磨损情况，保持下料通畅、不堵料；经常观察烧结矿质量与烧结台车运转情况；如果烧结机堵塞严重，要停机处理。

② 经常检查筛面上烧结矿分布是否均匀，筛眼有无堵塞现象，要保持较高的筛分效率；要经常紧固装置螺丝，防止筛板脱落；热振筛卸矿时要均匀地将烧结矿分布在冷却机上；发现烧结矿未烧透，要向上级反映进行调整；热振筛部件开裂或设备不正常时，要及时分析原因并处理。

③ 冷却机的启动必须等风机启动完毕后进行；风机停转，冷却机应立即停止生产；冷却机后面的设备发生故障时，冷却机应立即停转，而风机可继续运行，直至冷却机内热烧结矿温度降低到150℃为止；冷却机前面的设备发生故障时，冷却机可继续运转直到机内物料全部运完为止；冷却机短期停机，一般不停风机，需长时间停机，可按正常停机处理。

④ 冷却机的机速应根据烧结机机速快慢变化，及时作相应调整，尽量避免跑空台车或台车布料过厚，影响冷却效果。当冷却机的来料过小时，应减慢冷却机的运行速度；反之则应增加，以充分利用冷风，提高冷却效果，避免烧坏皮带；当透气不好时，则应加快冷却机运行速度。

⑤ 当运行皮带严重损坏时，必须停冷却机进行检查处理。

3.7.4 处理烧结矿处理设备的常见故障

单辊破碎机常见故障的处理见表3-5，热振筛常见故障及处理见表3-6，环冷机常见故障机处理见表3-7，带冷机常见故障及处理见表3-8。

3.7.5 思考题

① 烧结矿处理的设备有哪些，其工作原理是什么？

② 带式冷却机的特点有哪些？

③ 烧结矿处理时应注意哪些问题？

表 3-5 单辊破碎机常见故障的处理

部位	故障	原因	处理方法
电动机	外壳温度升高 轴承温度高、有杂音 运转有噪声 振动	超负荷、电压低 轴承坏,轴承缺油或油过多 定子松动,风叶松动,轴承间隙大 中心不正,螺丝松动	减少机械摩擦 更换轴承,加减油量 检修、更换 调整中心,紧固螺丝
减速机	漏油 振动 摆动 发热及异常声响	油面过高或箱体密封不良 中心不正,螺丝松动 开式齿轮啮合不正 齿轮啮合不好,打齿、轴弯或轴承坏,轴承油杂物,油量过多或过少,油质不清洁	调整油位,处理密封 调整中心,紧固螺丝 开式齿轮重新找正或找平 检查处理,更换新件,清洗轴承加油,调整油位、换油
保险销	保险销断	齿冠松动偏斜断裂 铁块卡住单辊或烧结矿堆积过多 衬板断裂而偏斜	紧固或更换齿冠 处理障碍物 更换衬板
单辊	单辊轴瓦温度高 单辊串动严重 单辊箱体连接螺栓断 齿冠和箅板刮料刀磨损严重 马鞍漏斗堵塞 机尾簸箕堆料	轴瓦缺油 进杂物 冷却水流量小或断水 负荷不均,不水平;止推轴瓦失效 前后壁变形 串轴齿冠、箅板螺丝松动 碰撞间隙大 马鞍漏斗衬板变形 大块卡死 过烧、粘炉箅子 清扫器磨损 未及时处理积料	检查瓦孔油路,加油 清洗轴承,加强密封 检查水门、管路,坏的更换 检查轴得水平,更换轴瓦 更换螺栓,检查箱体前后壁 紧固螺丝 调整间隙 处理变形 勤捅漏斗 控制好终点 检查补焊或更换 及时清理

表 3-6 热振筛常见故障及处理

部位	故障	原因	处理方法
热振筛	箅板不平、跳动 (有敲打声) 筛体振动不正常 箅板变形或开裂 返矿出现大块 运转后下料少 布料不均,筛下物粒度大	紧锁装置松动 筛板的地脚开焊 振动器与联轴节法兰间弹簧片坏 振动器地脚螺丝松动 底架支撑弹簧积料 高温后受急冷 箅板不宜在高温下操作 安装质量差 箅板跳动引起断裂 箅板断裂 箅板串动 角度不合适 不规则振动,筛孔有大孔洞	紧固螺丝 加焊 紧固螺丝,更换连接装置的某些零件 紧固或更换地脚螺栓 清除弹簧处底积料 变形严重更换 材料不合格时应更换 重新按规定安装 及时紧固箅板锁紧螺丝,更换箅板 补焊或更换 紧固箅板 调整角度 调整挡料箅板或更换箅板
振动机	轴瓦温度高或抱轮 振幅偏小,不规则振动 转起来,振动力小 转起来,摆动大	润滑油太少,轴承装备太紧 振动器不均衡,底座螺丝松动或底座裂纹,皮带打滑 飞轮配重不合适 悬挂架和钢丝绳受力不均	加强润滑,调整或更换轴承 紧固螺丝,补焊裂纹,处理张紧皮带,调整振动器 调整飞轮配重 调整钢丝绳达到受力均匀

表 3-7 环冷机常见故障机处理

故障	原因	处理方法
烧结矿顶台车	下料嘴堵	捅开料嘴、打倒车
台车跑偏道	台车轮子不转 传动环与挡轮之间间隙过大使传动环径间位移过大	更换车轮 调整挡轮与摩擦板之间底间隙
台车转动不灵活掉轮	轴承坏 挡圈脱落珠粒磨损松动 间隙没有达到要求	更换轴承和更换车轮 更换轴承和更换车轮 调整间隙
摩擦轮与摩擦板打滑	摩擦轮对摩擦板压力不够 摩擦轮与摩擦板之间有杂物 冬天停车有水结冰 扇形台车卡道	调整弹簧,增大压力 装好清扫器,清除杂物 除冰层 处理卡道台车
台车卡弯道	台车轮子不转或脱落 弯道、曲轨弯形或损坏 台车轮轴销子脱	打倒车、挂倒链、更换轮子 处理弯道 上销子
风机震动	风机叶轮失去平衡 轴承坏	处理更换叶轮 处理更换轴承
台车内布料不均匀	给矿漏斗结构有问题 烧结矿料下偏	修正漏斗及结构 在漏斗底板上安装分料器
台车冷空气进不去	箅条变形或间隙有物阻碍	清除卡杂物,更换箅条
冷却效果差	风机叶片装置不当,风量不够 台车钢丝网堵塞 密封不好,有害漏风增加 布料厚度不适应 烧结矿筛分效果差	调整风机叶片 清理钢丝网 修理密封装置 调整机速 加强筛分

表 3-8 带冷机常见故障及处理

故障	原因	处理方法
台车跑偏	对称两辊轴心线与机体纵中心线不垂直,误差大 头部链轮轴心线与机体纵中心线不垂直,误差大 机尾链轮不正 头尾部链轮一左一右窜动	调整托辊找正中心 检查调整头部链轮 调整尾部拉紧重锤底重量 检查头尾部链轮窜动间隙,按要求调整
台车掉大块 冷却效果差	箅条变形,间隙大 筛网堵塞	修理或更换箅条重新排列 清除堵塞物
电动机振动过大	电机轴承坏 电机与减速机快速轴不同心	更换轴承 检查重新找正
减速机及轴承发热	减速机油量不足 轴承间隙过小 轴承有杂物或损坏 透气孔堵塞	加油 调整轴承间隙 清洗轴承更换轴承 勤捅透气孔

任务 3.8 烧结除尘工艺流程

3.8.1 烧结除尘工艺流程

国内烧结厂抽风废气一般采用两段除尘方式：降尘管（大烟道）→除尘器（多管除尘器）。

3.8.2 除尘设备

烧结厂除尘设备主要有降尘管、旋风除尘器、多管除尘器等，如图 3-13 所示。

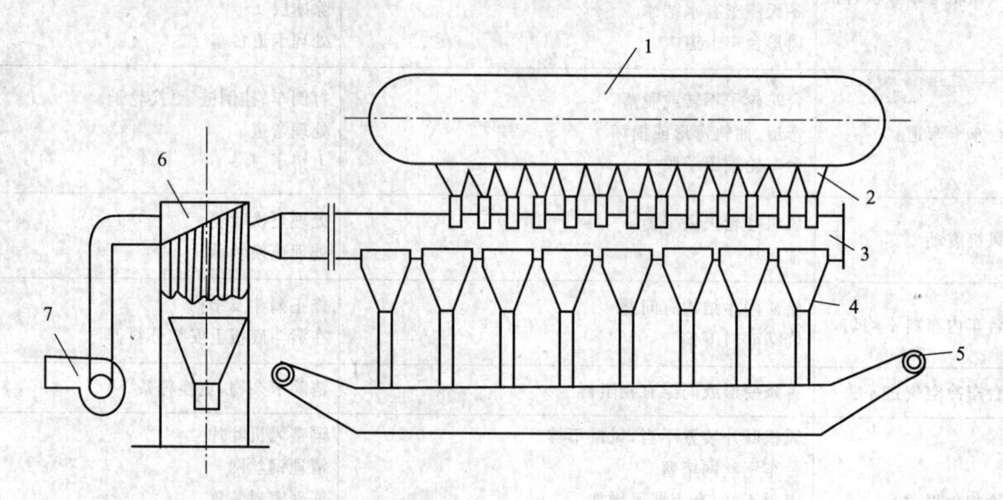

图 3-13 烧结设备除尘装置

1—烧结机；2—风箱；3—降尘管；4—水封管；5—水封拉链机；6—多管除尘器；7—风机

3.8.2.1 降尘管（大烟道）

大烟道连接抽风箱集气支管与抽风机的废气总管。其作用为集气和除尘。

大烟道除尘原理是：含尘废气经集气支管从切线方向进入截面积突然扩大的大烟道，一则因作螺旋前进运动，灰尘与管壁碰撞、摩擦失去动能，二则因流速降低，大颗粒灰尘则靠离心力和重力作用而沉降下来，进入集灰管中，再经水封拉链机或放灰阀排走。

大烟道的结构是：由钢板焊接成的圆形管道，内部有钢丝网固定的耐热、耐磨保温材料充填的内衬，外部还铺有两层保温材料，以防止灰尘磨损和废气降温过多，影响除尘器和风机挂泥，导致风机振动和叶轮使用寿命降低。

大烟道的特点是：优点是设备简单、投资少、容易维护、阻力损失小。缺点是设备庞大、占地多，只能脱除 50μm 以上的尘粒，而且除尘效率低仅 50%～80%。

3.8.2.2 除尘器

（1）旋风除尘器

旋风除尘器的结构：主要由进气管、圆柱体，圆锥体、排气管和排灰口组成，如图3-14所示。

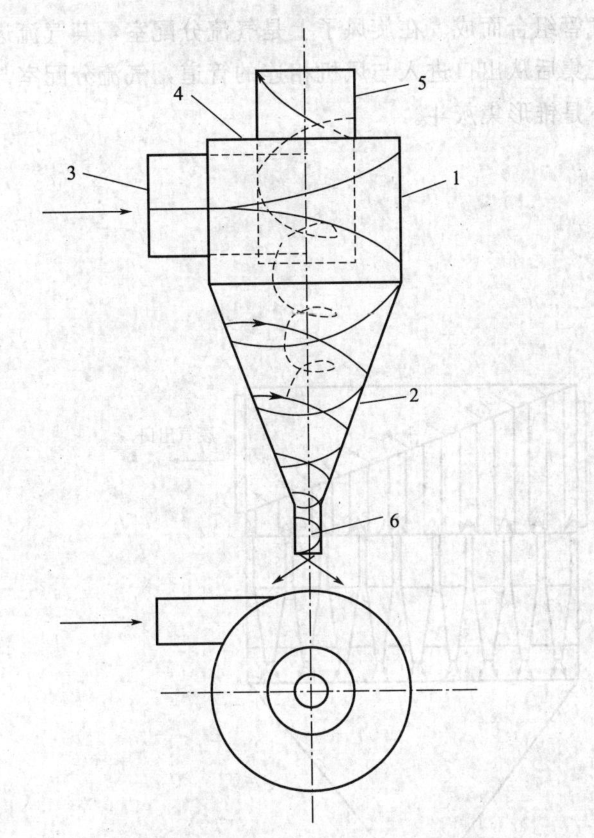

图 3-14 旋风除尘器示意

1—筒体；2—锥体；3—进气管；4—顶盖；5—中央排气管；6—灰尘排除口

旋风除尘器的除尘原理：含尘废气由切线方向引入除尘器后，沿筒体向下作旋转运动。尘粒受离心力作用抛向筒壁失去动能，沿锥壁下落到集灰斗。旋转气流运动到锥体底部受阻，再从中心返回上部，由中央排气口导出，达到两者分离的目的。

影响旋风除尘器除尘效果的因素：气流速度、筒体直径、灰尘粒度及密度等。不难理解，粒子沉降速度愈快，愈易于气流分离，除尘效果愈好。而当其他条件一定时，尘粒越粗，密度越大，沉降速度就越快；要除去小而轻的灰尘，则必须增大气流速度或减小除尘器直径。但气流速度太高，阻力损失降急剧增大，并可能将已沉淀的灰尘重新卷起，影响除尘效果。一般气流入口速度选15～25m/s，阻力损失700～1000Pa，除尘效率可达80％～85％。除尘器尺寸减小，虽对提高除尘效果有利，但处理废气的能力太小，不能适应生产的需要。为此将若干小旋风除尘器并联在一起，既可提高除尘效果，又适应了废气处理量大的要求。这就出现了多管旋风除尘器，它在烧结废气除尘中得到广泛的应用。

(2) 多管除尘器

多管除尘器结构：它由一组并联除尘管组成，见图 3-15。除尘管则由旋风子和带导向叶片的导气管组合而成。在旋风子上是气流分配室，其气流进口与大烟道相连，在导气管上气流汇集后从出口进入与风机相连的管道，气流分配室与导气管出口间用花板隔开，旋风子下是锥形集灰斗。

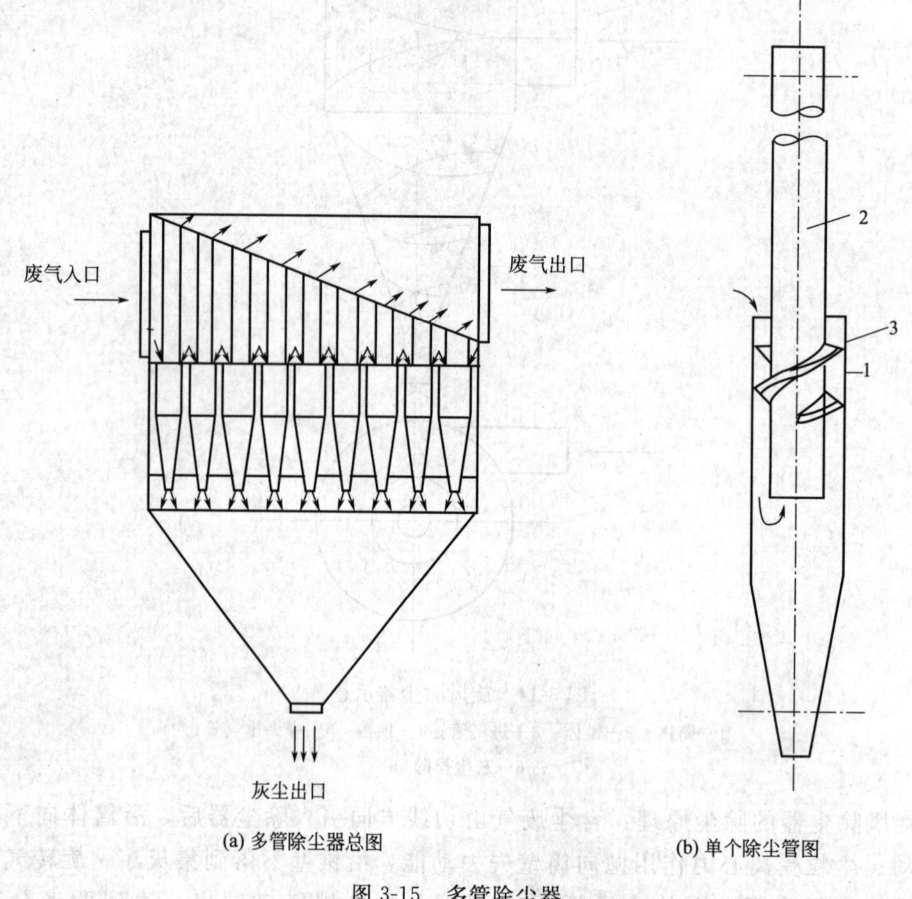

图 3-15　多管除尘器

1—旋风子；2—导气管；3—导气螺旋

除尘原理与旋风除尘器基本相同。即含尘气体经分配室进入每个单体内，沿着导气管的导向叶片在旋风广内作旋转下降运动，在离心力作用下，尘粒被甩向管壁，碰撞后失去动能而沿锥体壁沉降到集灰斗中，净化了的气流则回转上升，从导气管排出，实现两者的分离。可见，它与旋风除尘器的区别在于气流产生旋转是借助了导流叶片的作用。

3.8.3　注意事项

① 注意勤检查水封除尘管内壁是否粘料或堵塞；

② 上料皮带运转才能启动水封拉链机，不允许将大块料以及废钢铁丢入水槽内，

防止卡住；

③ 水封拉链在运转中不允许将手伸入槽内扒料；

④ 要经常检查电除尘器电场积灰情况，积灰过厚应停机进行人工处理；

⑤ 在巡回检查过程中，注意触电或被运转部分咬住衣角和手脚。

3.8.4 思考题

① 降尘管的除尘原理及特点是什么？

② 多管除尘器的除尘原理是什么，影响除尘效率的因素有哪些？

任务3.9 预防及处理事故

烧结生产中如果出现点火器停水、停电或煤气低压、停风事故时，应按照规定的操作程序进行处理。

3.9.1 点火器停水

① 发现点火器冷却水出口冒汽，应立即检查水阀门是否全部打开和水压大小，如水压不低应敲打水管，敲打无效或水压低时，立即通知组长和内控。查明停水原因后，可将事故水门打开补水，若仍无水则应切断煤气，把未点燃的原料推到点火器下，再把烧结机停下。

② 断水后关闭各进水截门，送水时要缓慢打开进水截门，不得急速送水。

③ 高压鼓风机继续送风，抽烟机关住闸门，待水压恢复正常后，按点火步骤重新点火。

3.9.2 停电

人工切断煤气，关闭头道闸门及点火器的烧嘴闸门，关闭仪表的煤气管阀门，同时通入蒸汽，开启点火器旁的放散阀。

3.9.3 煤气低压、停风

煤气压力低于规定值时，管道上切断阀自动切断，信号响。如短时不能上升，反而继续下降，则应：

① 停止烧结机系统运转，关闭抽烟机闸门；

② 关闭点火器的煤气和空气开闭器，关闭煤气管道上的头道阀门；

③ 通知仪表工关闭仪表煤气管阀门，打开切断阀，通入蒸汽，同时打开点火器旁的放散管；

④ 关闭空气管道的风门和停止高压鼓风机；

⑤ 停空气时则应开动备用风机，若备用风机开不起来或管道有问题则应按停煤气的方法进行处理；

⑥ 煤气空气恢复正常后，通知仪器维修人员进行检查，并按点火步骤重新点火进行生产。

3.9.4 思考题

点火器停水如何处理？

项目4　球团生产

生产球团矿是连续性很强的工艺过程，各生产环节密切相关。只有操作好每个环节，才能获得高炉冶炼的优质原料。

任务4.1　制造生球

4.1.1　主要设备

目前，造球的主要设备是圆盘造球机。

4.1.1.1　圆盘造球机工作特点

圆盘造球机中物料能按其本身颗粒大小有规律的运动，并且都有各自的轨道。也就是说粒度大的，运动轨迹靠近盘边，而且路程短。相反，粒度小或未成球的物料，则远离盘边。这种按粒度大小沿不同轨迹运动就是圆盘造球机能够自动分级的特点。圆盘中物料的运动轨迹如图4-1所示。

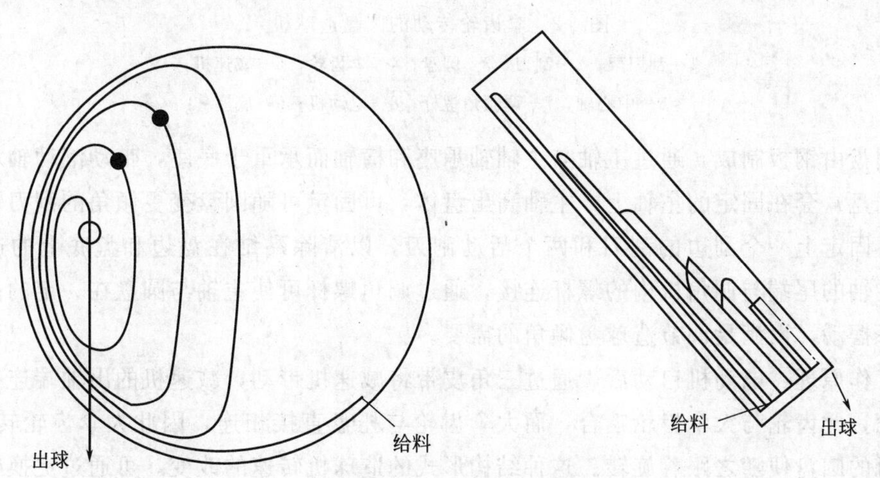

图4-1　圆盘中物料的运动轨迹图

4.1.1.2　圆盘造球机结构及技术特性

圆盘造球机的规格繁多，结构比较合理并在生产上获得广泛应用的有两种。

(1) 伞齿轮传动的圆盘造球机

我国绝大部分球团厂采用这类造球盘。伞齿轮传动的圆盘造球机主要由圆盘、刮刀、刮刀架、大伞齿轮、小圆锥齿轮、主轴、调角机构、减速机、电动机、三角皮带和底座等所组成，如图 4-2 所示。

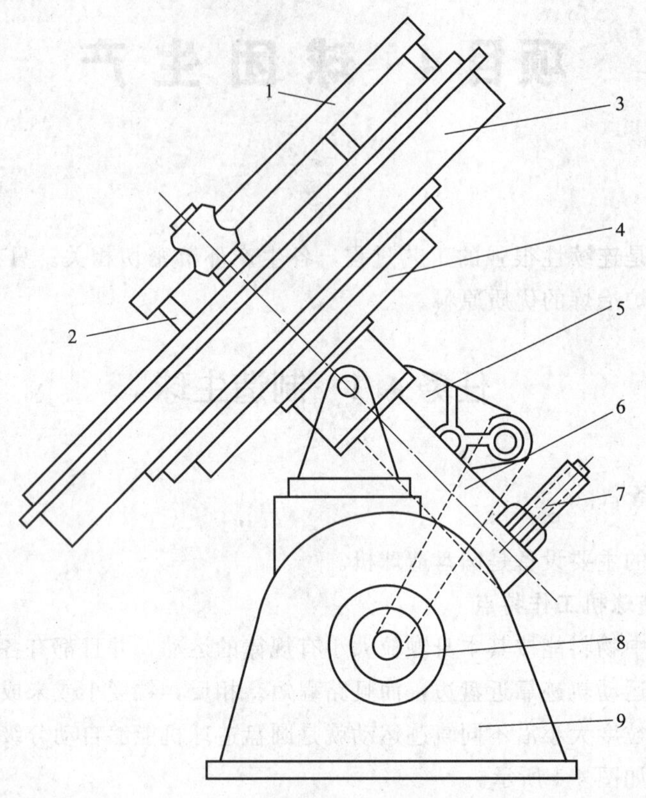

图 4-2　伞齿轮传动的圆盘造球机

1—刮刀架；2—刮刀；3—圆盘；4—伞齿轮；5—减速机；
6—中心轴；7—调倾角螺杆；8—电动机；9—底座

圆盘由钢板制成，通过主轴与主轴轴承座和横轴而承重于底座，带动滚动轴承的盘体（托盘）套在固定的主轴上，主轴高出盘体，可固定可随圆盘变更倾角的刮刀臂，刮刀臂上固定上一个刮边的刮刀和两个活动刮刀，以清除黏结在盘边和盘底上的造球物料，主轴的尾端与调角机构的螺杆连接，通过调角螺杆可使主轴与圆盘在一定的范围内上、下摆动，以满足调节造球盘倾角的需要。

工作原理：电动机启动后，通过三角皮带将减速机带动，减速机的出轴端连有小圆锥齿轮，此齿轮与大伞齿轮啮合，而大伞齿轮与托盘直接相连，因此大伞齿轮转动时，造球机的圆盘便随之跟着旋转。这种结构形式的造球机转速的改变，可通过更换电动机出轴和减速机入轴上的皮带轮直径来做一定范围内的调整。

（2）内齿轮圈传动的圆盘造球机

内齿轮圈传动的圆盘造球机是在伞齿轮传动的圆盘造球机的基础上改进的，改造后的造球机主要结构是：盘体连同带滚动轴承的内齿圈固定在支撑架上，电动机、减速机、刮刀架也安装在支撑架上，支撑架安装在圆盘造球机的机座上，并与调整倾角的螺杆相连，用人工调节螺杆，圆盘连同支撑架一起改变角度。这种结构的圆盘造球机的传动部件由电动机、摩擦片接手、三角皮带轮、减速机、内齿圈和小齿轮等所组成。

内齿圈传动的圆盘造球机转速通常有三级（如 ϕ5.5m 造球盘，转速有 6.05r/min，6.75r/min，7.75r/min），它是通过改变皮带轮的直径来实现的。这种圆盘造球机的结构特点是：

① 造球机全部为焊接结构，具有重量轻、结构简单的特点；

② 圆盘采用内齿圈传动，整个圆盘用大型压力滚动轴承支托，因而运转平稳；

③ 用球面蜗轮减速机进行减速传动，配合紧凑；

④ 圆盘底板焊有鱼鳞衬网，使底板得到很好保护；

⑤ 设备运转可靠，维修工作量小。

4.1.2 技能实施

圆盘造球机的主要操作步骤如下。

① 做好开机前的准备工作。比如检查有关设备是否正常，加水装置是否灵活可靠，倾角、刮刀是否调整到位，润滑油料是否充足等，并进行盘车。

② 接到开机信号后即可启动；运转过程中注意倾听齿轮运转的声音是否正常，注意观察轴承温度不应超过 60℃。

③ 接到停机讯号后，及时切断电源，停圆盘给料机，待造球盘中的全部料抛出后，按停机按钮停机。

4.1.3 注意事项

为了生产出数量适当、粒度均匀并具有一定强度和热稳定性的生球，生产中应注意以下几个问题。

① 造球机在运转正常后方可加料。

② 根据布料工的要求，及时调节圆盘给料机的给料量，尽量保持生球流量稳定。

③ 根据原料的干燥程度，及时调节外加水或增减造球盘的数量，力求出生产合格粒度的生球。排球量变多而母球逐渐变小时，要适当加大补水量或减少给料量；排球量变少而母球逐渐增大时要适当加大给料量或减少补水量。

④ 注意来料水分情况，发现过湿或过干应及时与干燥机或值班室联系。

⑤ 遇停电时，应将事故开关关上；遇断水时，应及时报告，并根据造球情况决定是否立即停止造球。

⑥ 生球质量应符合标准；要及时清除料盘粘料并拍打大球。

⑦ 圆盘内的刮板有损坏应及时更换。

4.1.4 维护造球机系统标准

造球机系统维护标准见表 4-1。

表 4-1 造球机系统维护标准

部位	维护项目	维护标准
机械部分	球盘	盘边整洁
	刮刀	刮刀整洁,定期更换、无变形
	破大球装置	耙齿转动自如
	洒水部分	畅通、阀门灵活、无漏水
	大小锥齿轮	传动平稳、啮合间隙均匀,无偏啮合现象,润滑良好
	主轴与轴承	无磨损,调节螺杆灵活,润滑系统畅通
	减速机	螺丝齐全,无异音,油位正常,啮合间隙符合要求
	三角带	齐全无缺少,螺丝紧固
电气部分	电机	风叶、风罩齐全,接线牢固可靠。螺栓紧固、无异音,润滑良好

4.1.5 思考题

① 圆盘造球机的工作原理是什么?

② 造球过程中应注意哪些问题?

任务 4.2 生球焙烧成球团矿

4.2.1 主要设备

4.2.1.1 竖炉

竖炉本体结构见图 4-3。

竖炉的主要构造有:烟罩、炉体钢结构、炉体砌砖、导风墙、干燥床、卸料排矿系统、供风和煤气管路等。

(1) 烟罩

烟罩安装在竖炉的顶部,一般由 6～8mm 钢板焊制而成,它与除尘下降管连接,炉顶烟气(炉底冷却风和煤气助燃风燃烧后产生的废气)经烟罩,通过除尘器而引入风机,然后从烟囱排放。烟罩还是竖炉炉口的密封装置,可以防止烟气和烟尘四处外逸。

(2) 炉体钢结构

炉体钢结构主要有炉壳及其框架。炉壳可分燃烧室和炉身两部分,一般采用 6～8mm 钢板制成,炉壳钢板外面有许多钢结构框架,与炉壳焊在一起,用来支撑和保护炉体,承受炉体的重力和抵御因炉体受热膨胀的推力;另外煤气烧嘴、人孔和热电偶孔都固定在框架或炉壳上。炉壳的下部有一水梁(俗称竖炉大水梁),用较大的工字钢、槽钢和钢板焊制,主要是承受炉身砌砖和炉身钢结构的重量。炉体的全部重量由下部的支柱支撑(燃烧室除外)。

(3) 炉体砌砖

炉体砖墙包括燃烧室和炉身两部分。燃烧室设置在炉身长度方向的两侧,燃烧室的

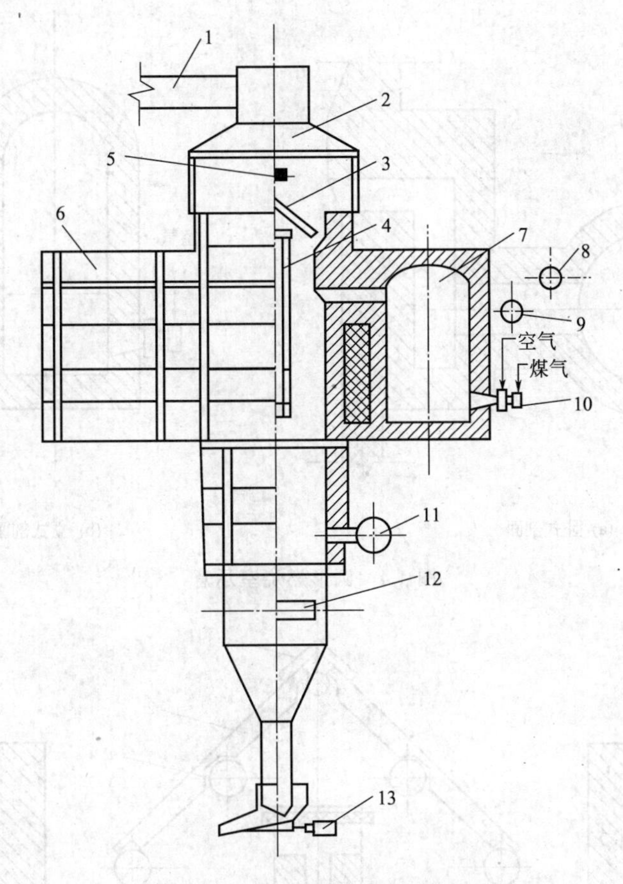

图 4-3 中国新型竖炉的构造

1—烟气除尘管；2—烟罩；3—烘床炉箅；4—导风墙；5—布料机；
6—炉体金属结构；7—燃烧室；8—煤气；9—助燃风管；
10—烧嘴；11—冷却风管；12—卸料齿辊；13—排矿电振机

内层一般用耐火黏土砖砌筑，外层用保温性能较好的硅藻土砖，砖墙与钢壳之间填石棉泥和水泥的混合物。目前我国竖炉燃烧室有矩形和圆形两种。圆形燃烧室不仅受力均匀、又不存在拱脚的水平推力，而且容易密封，寿命长。经过使用，效果很好。目前圆形燃烧室有立式和卧式两种，如图 4-4 所示。

炉身砌砖上部为黏土砖，下部为高铝砖，中部喷火道部位采用异形黏土砖。

(4) 干燥床

干燥床主要由“人”字形盖板，“人”字形支架，炉箅条和水冷钢管横梁组成。如图 4-5 所示。

竖炉内设干燥床，为生球创造了大风量、薄料层的干燥条件，生球爆裂的现象大为减少，同时扩大了生球的干燥面积，加快了生球的干燥速度，消除了湿球相互黏结而造成的结块现象，大大提高了竖炉的产量。

(5) 导风墙

导风墙由砖墙和托梁两部分构成如图 4-6 所示。

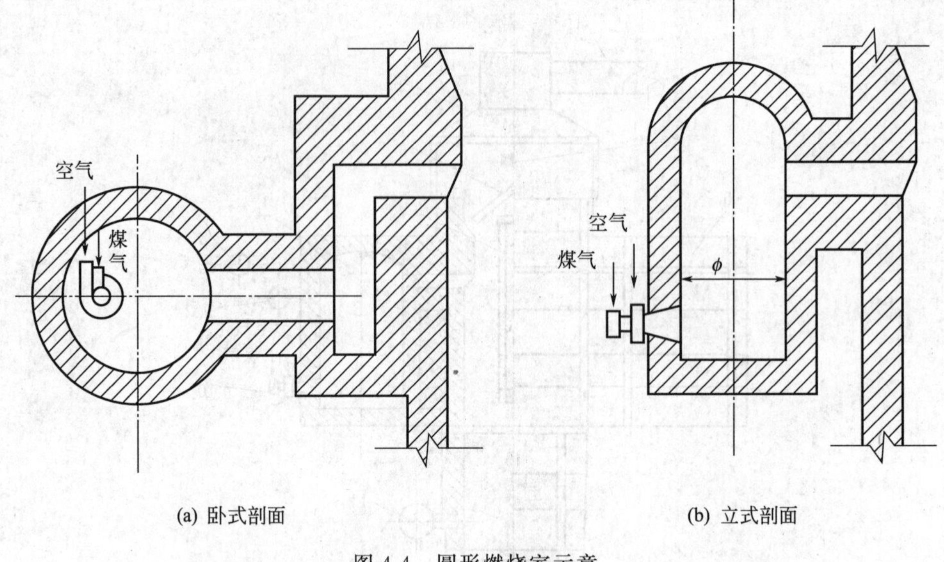

(a) 卧式剖面 (b) 立式剖面

图 4-4 圆形燃烧室示意

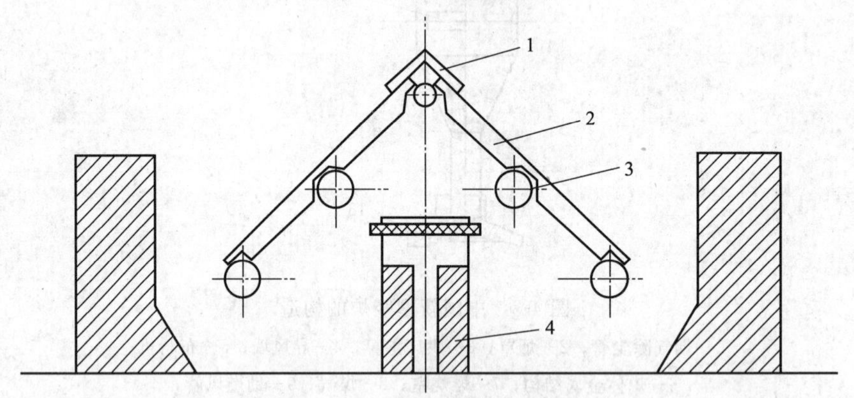

图 4-5 干燥床构造示意

1—烘床盖板；2—烘床箅条；3—水冷钢管；4—导风墙

导风墙的砖墙一般是用高铝砖砌成有多个通风孔的空心墙，托梁一般采用汽化冷却，不仅可以回收和利用余热，还能降低水耗。

竖炉增设导风墙后，从下部鼓入的一次冷却风，首先经过冷却带的一段料柱，然后绝大部分换热风（约 70%～80%）不经过均热带、焙烧带、预热带、而直接由导风墙引出，被送到干燥床下。直接穿透干燥床的生球层，起到了干燥脱水的作用。同时大大的减小了换热风的阻力，使入炉的一次冷却风量大为增加，提高了冷却效果，降低了排矿温度。

(6) 辊式卸料器

辊式卸料器亦称齿辊，是竖炉的一台重要设备。一般为七辊。液压传动，摆动 45°左右。

① 辊式卸料器的构造。主要由齿辊、挡板、密封装置、轴承、摇臂、油缸所组成，如图 4-7 所示。我国竖炉的齿辊辊体大多用 45 号普通碳素钢铸造，中心采用通水冷却。

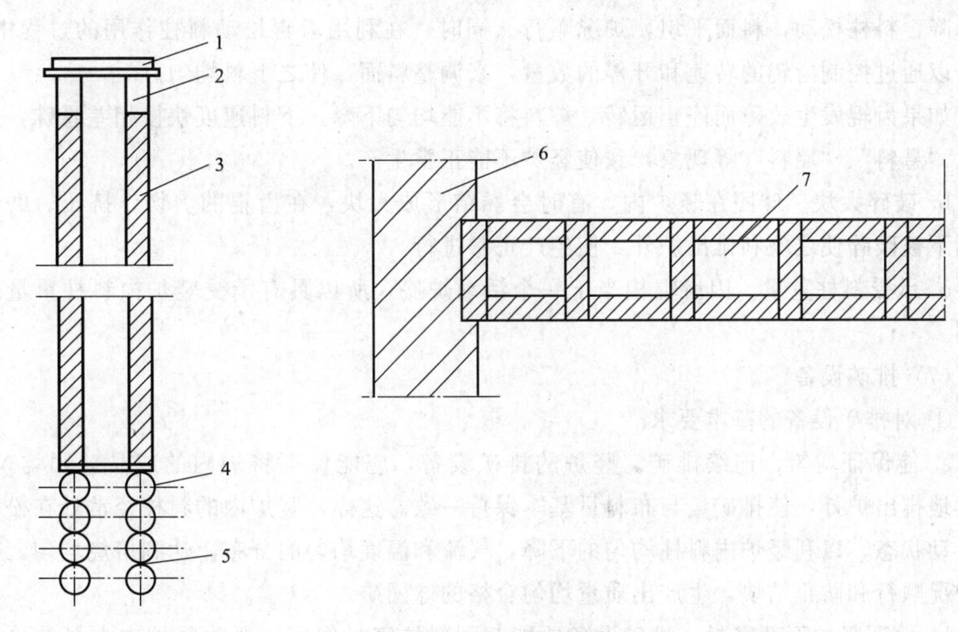

图 4-6 竖炉导风墙构造示意

1—盖板；2—导风墙出口；3—导风墙；4—水冷托架；5,6—导风墙进口；7—通风口

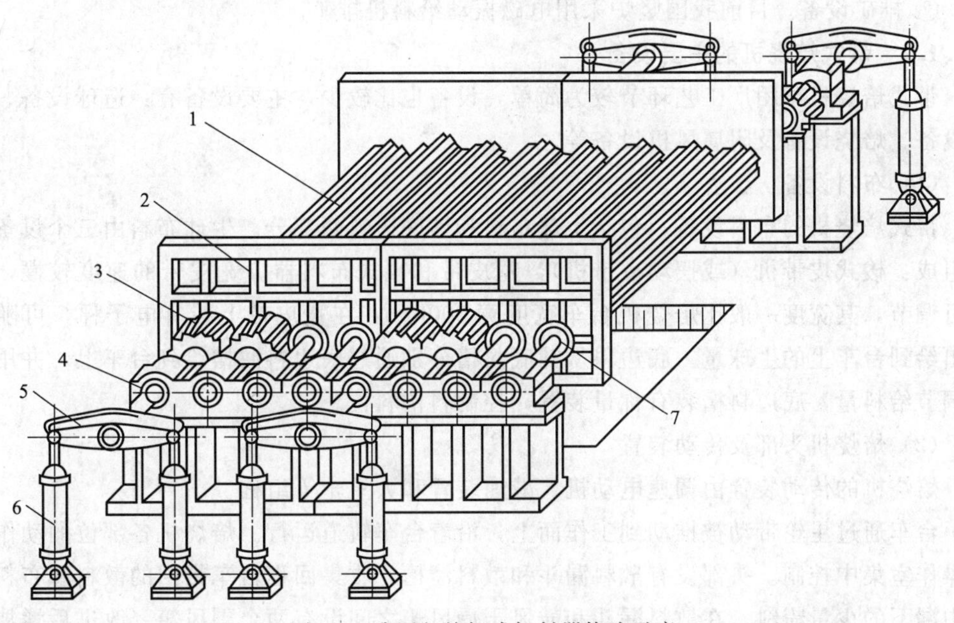

图 4-7 我国竖炉辊式卸料器构造示意

1—齿辊；2—挡板；3—开式齿轮；4—轴承；5—摇臂；6—油缸；7—轴颈密封装置

② 齿辊的作用。齿辊实际是装设在竖炉炉体下部的一组能绕自身轴线作旋转的活动炉底。其作用如下。

a. 松动料柱。由于在竖炉生产时，齿轴不停地缓慢的摆动或旋转，已焙烧完的成品球团矿，通过齿辊间隙，落入下部溜槽，经排矿设备排出炉外。所以炉料能较为均匀的下降，料柱松动，料面平坦，炉况顺行。同时，在利用齿辊松动料柱作用的过程中，还可以通过控制齿辊的转速和开停的数量，来调整料面，使之下料均匀。

如果齿辊发生故障而停止运转，炉料将不能均匀下降，下料速度快慢相差悬殊，并产生“悬料”、“塌料”等现象，致使竖炉不能正常生产。

b. 破碎大块。球团在竖炉内，有时会黏结形成大块，在齿辊的剪切、挤压、磨剥作用下被破碎使之顺利排出炉外，使生产正常进行。

c. 承受料柱重量。因齿辊相当于一个活动炉底，所以具有承受竖炉内料柱重量的作用。

（7）排矿设备

① 对排矿设备的基本要求

a. 能保证均匀、连续排矿。竖炉的排矿设备，应能保证将炉内的成品球团均匀、连续地排出炉外，使排矿量与布料量基本保持一致。这样，竖炉内的料柱经常处在松散和活动状态，以利竖炉内料柱均匀的下降，气流和温度均匀的分布，达到焙烧均匀，确保炉况顺行和防止结块，生产出质量均匀合格的球团矿。

b. 保证竖炉下部密封。排矿设备要能起到料柱密封作用，严防竖炉内大量的冷却风从排矿口逸出而产生漏风，确保竖炉内的气流和温度的合理分布。

② 排矿设备。目前我国竖炉采用电磁振动给料机排矿。

4.2.1.2 带式焙烧机的主要设备

带式焙烧机球团厂工艺环节较为简单，设备也比较少，主要设备有：造球设备、布料设备、焙烧设备及附属风机设备等。

（1）布料设备

带式焙烧机的布料设备，包括生球布料和铺底边料两部分。生球布料由三个设备联合组成：梭式皮带机（或摆动皮带机），宽皮带和辊式布料器。宽皮带的速度较慢，同时可调节，其宽度一般比焙烧机台车宽度宽 300mm，在宽皮带上装有电子秤，可随时测出给到台车上的生球量。底边料从铺底料槽分别通过底边料溜槽给到台车上，并用阀门调节给料量，底边料槽装有称量装置，控制料槽料位。

（2）焙烧机头部及传动装置

焙烧机的传动装置由调速电动机、减速装置和大星轮等组称。

台车通过星轮带动被推动到工作面上，沿着台车轨道运行。焙烧机各部位的动作都由操作室集中控制。头部设有散料漏斗和散料溜槽，收集回程台车带回的散料和布料过程中漏下的少量粉料。在散料漏斗和鼓风干燥风箱之间设有两个副风箱（改进后增加一个），以加强头部密封性能。

（3）焙烧机尾部及星轮摆架

焙烧机尾部星轮摆架有两种形式：摆动式和滑动式，当星轮和台车啮合后，随星轮移动，台车从上部轨道逐渐翻转到下部的回车轨道，在此过程中进行卸料。当两台车的接触面达平行时，才脱离啮合。因此，台车在卸料过程中互不碰撞和发生摩擦，接触面保持良好的密封性能，还可延长台车的使用寿命。

（4）台车和炉条

焙烧机的台车一般由三部分组成：中部、底部和两边侧部。侧部分为台车行轮、压轮和边板的组合件，用螺栓与中部底架连接成整体。中部底架可翻转180°，当台车发生挠性变形后可翻转过来使用，以矫正变形，加上台车和炉条材质均为镍铬钢，所以台车和炉条寿命可以大大延长。

（5）密封装置

带式焙烧机需要密封的部位有：头、尾部风箱、台车滑道与风箱和炉罩之间的密封。

（6）风箱

带式焙烧机各段风箱分配比例是由焙烧制度所决定的，通过球层的风量、风速和各段的停留时间，根据不同原料通过试验确定，当机速和其他条件一定时，这些参数主要取决于各段风箱的面积和长度，焙烧机风箱总面积是根据产量规模来确定的。

（7）风机

带式焙烧机主要工艺风机有四种：废气风机、气流回热风机、冷风冷却风机、助燃风机。此外，调温风机和用于气封的风机。风机性能要满足各工作环节的风量、风压和温度等工艺要求。

（8）燃烧室

在球团生产过程中，由布料装置将生球均匀地铺在台车上，然后由燃烧室将空气加热到高温对生球进行焙烧。因此，燃烧室工作的好坏，对球团矿的质量和焙烧机的生产有着直接影响。

由于生产上所用燃料不同，燃烧室也有不同的结构形式，但一般由燃烧室和烧嘴组成，生产上用的有气体燃料烧嘴、液体燃料烧嘴。

气体燃料烧嘴得到广泛的应用，这是因为绝大多数球团厂都建设在冶金工厂厂区，高炉煤气和焦炉煤气供应方便。同时，气体燃料烧嘴易于控制，调整方便，不需要其他辅助设备，是一种比较简单、经济和可靠的烧嘴装置。

当工厂供应气体燃料困难时，或者球团生产厂设在矿山，则多采用液体燃料烧嘴。

气体燃料燃烧室和液体燃料燃烧室结构基本相同，它是用耐火砖砌成或用耐热混凝土捣制而成的燃烧室，外部衬有保温的隔热层，支撑在冷却装置或耐热混凝土的梁上。在耐火砖砌筑的燃烧室四周，由钢板焊成的外壳是用来保护燃烧室的。用耐热混凝土捣制的燃烧室，不需要金属外壳。在煤气、混合煤气的燃烧室中，煤气和空气经烧嘴混合后喷出燃烧；液体燃料燃烧室的油从两侧进入燃烧室后燃烧。使用天然气的燃烧室，无须用助燃风机系统，它是靠烧嘴上的喷嘴喷出高压天然气引用空气来助燃的。各种燃烧室都设有观察孔和热电偶测温器，以观察火焰的燃烧和指示燃烧室内的温度。

烧嘴是燃烧室的主要组成部分，选择烧嘴应选择结构简单，制作方便，混合效果好，燃烧速度快，生成的火焰短，烧嘴前燃气和空气的压力较低，这种烧嘴在燃气、空气同时预热或不预热的情况下都能使用。

4.2.1.3 链箅机-回转窑

（1）链箅机结构组成

链箅机是由链轮、箅床、侧封板、罩体、风箱以及传动装置、密封装置等组成。

链箅机一般由耐热合金钢，上部罩有耐火材料炉衬，并用隔板分为两段或三段。

① 传动装置。大型链箅机一般采用双边传动，因为链箅机宽度大，主动轮轴长，易发生变形，再者轴处于高温带，因热胀而延伸，若用齿轮传动，会因轴变形而破坏齿轮啮合性能，所以采用链轮传动。头轮轴上的链轮带动链箅节产生运动，两套传动系统的同步是通过调整电气设备来实现的，以保证两系统受力均匀。测速发电机用于指示链箅机的运行速度，并为电气控制系统提供速度反馈信号。

② 密封装置。为使各段风路通畅，保证所需温度，链箅机各段必须密封，链箅机下部各室间隔用槽型钢板与外罩砌耐火泥密封。低温段上都是落棒式密封，高温段用耐热钢板与耐火泥密封。下部侧板与风箱间采用滑板密封，中间压入甘油。

③ 罩体和风箱。链箅机上部罩体除间隔板、横梁、溜槽外，全部为焊接结构，内砌耐火材料。隔板、横梁及所砌的耐火材料将罩体内腔分为冷风室、干燥Ⅰ室、干燥Ⅱ室及预热室，通过密封板及出链口使链箅节能顺利地进入和走出罩体内腔，并使冷空气进入罩体内腔达到最少，最后将预热到700～800℃的料球送入回转窑。

罩体上部设有测温装置、调节烟囱和辅助烧嘴。

罩体的两侧设有视孔门和检修观察门，视孔门装设有高温玻璃可随时观察罩体内料球的加热情况及链箅节的运行情况。检修观察门主要为检修链箅节及风箱或罩体内腔时，作为人孔或搬运物品用。

在溜槽前端设有事故漏斗，正常运转时，事故漏斗关闭，但当回转窑突然短时停机，或本机开始运转时就打开事故漏斗，将不宜进入回转窑的料球排出。

分隔罩体内腔的横梁可垂直上下移动60mm（料层厚100～160mm），并有指针和刻度牌示出，以保证料球厚度在规定值内变动。当料球厚度调整合适后，必须用耐火材料堵死调整孔，以防止开机后冷空气进入罩体内腔。

链箅机下部各室分别由若干风箱组成，各段风箱一般分两侧抽风（或鼓风），以保证料面风速均衡稳定。风箱中灰尘经放尘装置（如双层卸灰阀），卸到下部排灰装置（如埋刮板输送机）。

④ 运行部分。运行部分由头轮、尾轮、侧封板、上托辊、下托辊、链箅节、铲料板、挡轮等组成。链箅节由四条平行安装的链节和六排平行安装的箅板通过小轴串在一起组成封闭链，在两链节中间活动地安装着两行箅板，当封闭链运行在上托辊位置时，前排箅板的尾端搭在后排箅板的首端上，形成平面箅床，料球就布在箅床上，两侧有侧封板，起挡料和密封作用。当电动机驱动头轮轴转动时，头轮就带动链节运动，使料球依次通过冷风室、干燥Ⅰ室、干燥Ⅱ室及预热室，最后经铲料板将料球卸入回转窑。

箅板是链箅机的主要承载件，也是主要易损件。它的工作温度最高可达600～700℃，而在回程中又要冷却到150℃左右，这样周期性地热胀冷缩是使箅板破坏的主要原因。因此，对箅板的材料和形状有一定的要求。箅板材质有耐热铸铁、不锈钢及头部为耐热铸铁尾部为不锈钢的三种，实践证明：耐热铸铁箅板寿命为2～8个月，不锈钢箅板寿命为一年以上。国外有的厂家曾用过组合箅板，箅头为耐热铸铁，箅尾为310

号不锈钢，两者用两个螺丝连接，使用中发现，螺栓易松动、变形，将螺栓焊死后仍有因螺栓伸长而使连接不紧，所以他们认为组合箅板不好，更换为整体不锈钢箅板。

铲料板是一个能绕O点轻微转动的活动铲刀，料球从箅板上经铲料板导入溜槽中，铲料板不能与箅床相接触，以免影响箅床运行，间隙又不能过大，以免料球从其间隙漏掉，料球最小直径为ϕ6mm，故间隙为3～5mm为宜。铲料板由七块组成，每块都可单独转动，使其遇到箅板突出坚硬物块时，能顺利通过，并要尽量使掉漏料球达到最少。

由于预热室温度在1000～1100℃甚至更高，该区域的上托辊轴与头轮轴采用通水强制冷却，水从托轮轴及头轮轴两端进入，冷却后的热水从托轮轴与头轮两端流出，在轴旋转时水管不动，为了防止箅床跑偏，从尾轮向头轮方向的三个上托辊轴承座可沿箅床运行方向前后移动，并在机尾上部箅床两侧装设了一对挡轮保证箅床进入正确位置。

另外，本机还有专门工具——紧链器，其作用是：当链箅节需要更换小轴、套管、链节、定距管、左侧板、右侧板时，首先用两个紧链器拉紧要更换零件相邻两侧的小轴，使要更换的零件不再受力而松弛，顺利地取出与装入。更换完毕后，再将紧链器拿掉。

(2) 回转窑结构组成

回转窑主要由筒体与窑衬、滚圈、支撑装置、传动装置、窑头及窑尾密封装置、测温装置和润滑系统等组成。窑头采用固定窑头，设有两扇窑门，以便检修和处理事故，设有灰斗和重锤阀，用以收集和排除散料。

① 筒体与窑衬。筒体部分是由钢板卷制成圆筒，然后焊接成筒本体。它在高温作业条件下容易产生径向和轴向变形，甚至由于应力不均而产生裂纹，所以，回转窑筒体应具有足够的强度和刚度，以延长回转窑内衬寿命，减少运转阻力及功率消耗，减轻不均匀摩擦，减少机械事故，保证长期安全、高效率运转等。筒体的强度和刚度，主要靠筒体的厚度来决定。随回转窑直径的增大，筒体的厚度随之增加。筒体的重量（不包括滚圈、齿圈等）占全窑钢材重量的一半左右，筒体壁厚每增加1mm左右都会使设备重量增加很多，因而，在选用筒体壁厚的厚度时，要考虑到这一点。回转窑筒体一般都做成不等厚度，如滚圈处和齿圈处的筒体部分，截面压力和径向压力变化都很大，故该段筒体必须加厚。

筒体是回转窑的基体，它的内壁砌有耐火砖，回转窑的耐火砖内衬受到高温辐射和物料的磨损，对材质和形状都有一定的要求。耐火砖的材质一般分为两种，高温区用高铝砖，低温区用黏土砖，耐火砖的厚度根据回转窑的直径而定。为了防止耐火砖的脱落，必须保证耐火砖的砌垒角度。为了延长耐火砖的寿命，在操作上不能急冷急热，并尽量减少黏结。

② 滚圈。回转窑头部和尾部各有一道滚圈，它按截面形式分为矩形（实心）和箱形（空形）两种。箱形刚度大，有利于增加筒体的刚度，与矩形比可以节约材料，但截面形状复杂，铸造冷却过程容易发生裂纹；矩形形状简单，既可铸造又可锻造，因此一般采用矩形的。

③ 支撑装置和挡轮。回转窑得支撑装置包括托辊、托辊轴承和轴承座，回转窑本

体由两组托辊支撑，自窑体中心过两侧托辊中心连线得夹角为60°，因考虑滚圈受热膨胀，托辊宽度要稍大于滚圈的宽度。托辊材质为铸钢，但硬度比滚圈大，托辊支撑一般采用滑动轴承。每一轴承座外侧有油压器，保持窑体在正常运转时不产生轴向窜动；同时固定轴承座，防止托辊径向位移，在轴承座内设有轴向推动片。轴承座与底板间无固定连接，主要靠轴承座底面的凹槽与油压器固定。由于回转窑是倾斜安装的，所以在窑尾滚圈的两侧各有一个防止窑体轴向位移的液压挡轮。

④ 传动装置。由于回转窑转速较低，一般为0.3～1r/min，需要选择大功率、大速比的减速机，这样的减速机制造困难很多，因此，大型回转窑都采用双边传动。这种传动除了能解决大型电动机减速机的选型外，还有一系列优点：减轻齿轮的重量；一侧传动装置发生故障时，可降低产量用另一侧继续驱动；大小齿轮啮合对数增多，传动更加平稳。

选择双边传动或单边传动主要看电动机功率大小来决定，电动机功率在150kW以下时，为单边传动；功率在250kW以上时，为双边传动；而功率在150～250kW时，则根据具体情况决定。

⑤ 密封装置。回转窑为负压操作，为了减少冷空气的渗入而造成温度波动，在窑头与窑尾均设有密封装置，常用的密封有迷宫式和接触式两种。

迷宫式密封装置没有接触面，具有结构简单、无磨损件、检修时间少的特点，它的间隙一般为20～40mm，间隙过大，密封效果变差。

接触式密封装置是靠固定环和转动环之间端面接触而起密封作用的，在回转窑的径向变形和轴向窜动不大时，密封效果较好。

⑥ 燃烧器和测温装置。回转窑常用的燃料有煤气、天然气或重油，也有用煤粉的，所以回转窑燃烧器的形式较多，有燃油烧嘴、煤气烧嘴、油气混合烧嘴以及气煤混合烧嘴等。

油气混合烧嘴的特点为：能单独用重油或煤气，也可以重油和煤气两者同时使用。

对回转窑窑内的温度控制，多数厂家是用热电偶插入窑体内部，利用电刷滑环将温度转变为电信号而显示出来。这种方法是在窑内不同长度处开有热电偶插入孔，将热电偶固定在窑体上。这种方法的缺点是：炉料在窑内翻滚，易砸坏热电偶，或由于炉内黏结而将热电偶埋住，造成测出的温度不准确。

随着自动控制技术的发展，有些厂家已经装置了辐射高温计——计算机测温调温自动控制系统，用辐射高温计通过窑头烧嘴下面的窥视孔测定高温处球团矿的温度。辐射高温计把测得的温度转换成电信号，传给计算机，计算机发出电信号调剂闸门，以保证预定的温度。

⑦ 润滑与冷却系统。

a. 润滑系统。回转窑传动装置主传动系统采用稀油循环润滑，选用一套稀油润滑站，系统在第一次使用时，减速机内应注入润滑油，油面应高出正常油位指示刻度20～30mm，以补偿管路及系统中各元件内的充油量。

稀油润滑站安于地平面或负于地平面，否则主传动减速机回油回不到油箱中，两台齿轮油泵一台运转，一台备用。

小齿轮装置、托辊装置的润滑，用压力干油杯定期添加润滑油，其他轴承处润滑脂的更换只是在定期检修的过程中进行。

润滑回转窑时要注意以下几项。

• 润滑油和润滑脂应按规定使用，使用代用品，只能用较大黏度的油去代替较小黏度的油。

• 新窑连续运转 400～500h，待齿轮跑合后油应全部放出，并将油池清洗干净后换新油，以后按每 6 个月为一周期更换新油。

• 每班检查油位一次，如果油位降低到油位指示器刻度下限时，必须立即加油到油位指示器上限。

• 发现漏油时，应立即采取措施消除漏油现象，不允许漏油流到基础上而浸蚀基础。

b. 冷却。回转窑设计有托轮轴承循环冷却系统，用以冷却滚动轴承。而托轮表面则利用由托轮轴承流入水槽的水冷却，水槽水面高度可用水位调节器来控制，应经常检查出水管是否通畅。当停窑时间较长或冬季停窑时，应将各处冷却水全部放净，以免结冰造成胀裂。

(3) 电气系统

电气系统有集中操作与分散操作两种控制系统。集中操作设在主控制室内统一控制，分散操作直接设在机旁，供调整、试车与临时事故停车之用。但集中操作与分散操作在启动时应互为联锁。润滑系统中的两台油泵，当一台发生故障时，另一台自动启动，当主电机有故障时，辅助电机工作。

(4) 回转窑工艺参数

回转窑的参数包括长度、直径、斜度、转速、物料在窑内的停留时间和填充率等。

① 内径和长度。通常计算回转窑尺寸的方法是：对回转窑给料口处的气流速度取一确定值，由此计算出给矿口直径，加上两倍的回转窑球层的厚度，得出回转窑的有效内径，一般情况下，大型回转窑球层厚度取 672mm，根据有效内径和选定的长径比即可求出回转窑有效长度。

② 倾斜度、转速和物料在窑内的停留时间。回转窑的倾斜度和转速的确定主要是保证窑的生产能力和物料的翻滚程度，具体参数根据试验及生产实践经验确定。高转速可强化物料与气流间的传热，但粉尘带出过多。物料在窑内的停留时间必须保证反应过程的完成以及保证不降低产量。当窑的长度一定时，物料在窑内停留时间取决于料流的移动速度，而料流的移动速度又与物料粒度、黏度、自燃堆角及回转窑的倾斜度、转速有关。

③ 填充率和利用系数。窑的平均充填率一般在 6%～8%。回转窑的利用系数与原料的性质有关，磁铁矿热耗低，单位产量高。但是，由于大小回转窑内料层厚度相差无几，大窑填充率低。因此，长度相应取长些，以便保持适当的焙烧时间，Alice-Hamas 认为，回转窑内径的 1.5 次方乘窑长再除回转窑的产量来表示利用系数更有代表性。

4.2.2 技能实施

4.2.2.1 竖炉操作

(1) 竖炉球团布料车操作

球团布料的首要任务是掌握烘床料面的情况，在加入一定数量生球的前提下，及时排矿和调节料面，使整个料面做到下料均匀、排矿均匀，料面在导风墙两侧平衡、不亏料。

竖炉球团布料车的主要操作步骤如下。

① 接有关通知后，开布料车皮带。

② 开启布料车及车后皮带。

③ 根据炉况，连续均匀地向炉内布料，在不空炉箅的情况下，实行薄料层操作，做到料层均匀。

④ 及时通知链板机、油泵开启，而后操作电振机连续均匀排矿，使排出的料量与布料量基本平衡，做到少排、勤排。

⑤ 停机的操作顺序：停布料车车后皮带→布料车行走（开出炉外）→停布料车皮带。

(2) 竖炉开炉操作

竖炉开炉是一代炉程的开始，开炉工作的好坏直接影响炉程的长短与人身安全。为了保证安全并及早转入正常生产，要做好竖炉的开炉操作。

① 开炉前的准备工作。

a. 安装完毕后的设备（或大、中修后的设备）必须进行全面试车，并调整正常。有条件的设备，还应带负荷试车。如圆盘给料机、造球机齿辊筛、布料机、鼓风机、烘干机，皮带机等设备，都应负荷试车。特别是鼓风机、冷却、助燃风机的试车时间不得少于24h。

b. 检查生产所需要的原料、添加料、燃料的准备和供应情况。

c. 检查供电、供水和供气计器仪表、通信、照明，给排水、蒸汽管道阀门等设施是否正常，并进行有关设备的单体试车和联合试车。

② 烘炉。烘炉工作应按烘炉曲线和制订的烘炉方法进行操作。以8m^2竖炉为例，烘炉可按下面三个阶段进行。

a. 低温烘炉。烘炉温度在0～400℃，主要是蒸发炉体砌砖中的物理水，升温要求缓慢（10℃/h)，时间约为60h，以防止耐火砖及砖缝开裂，这个阶段为木柴烘炉。方法是：用木柴填满两燃烧室（但必须留出火道及烧嘴部位）并在人孔木柴底部放上带有柴油的破布及棉纱以便点火。当事先填好的木柴烧完后，还未达到所需的温度和烘炉时间，可以从燃烧室的人孔继续添加木柴。烘炉一次用6～8t木柴，柴油25kg，棉纱若干。

b. 中温烘炉。烘炉温度在400～800℃，主要是脱去砌体泥浆中结晶水。600℃时需有一定的保温时间，大约为15h，升到800℃时，砌体泥浆发生相变使其有一定的强度，因此也需要有一定的保温时间，约为10h，这阶段的升温速度可保持在15℃/h，一般用低压煤气烘炉。方法是：引煤气前必须先封闭燃烧室人孔，开启竖炉除尘风机、关闭竖炉烟罩门和顶盖。同时用蒸气吹扫各煤气管道，依次打开各烧嘴阀门并点火。先打开烧嘴窥孔自然通风，必要时开启助燃风机，温度高低用煤气量和助燃风量的大小来控制。

c. 高温烘炉。烘炉温度在800～1040℃，主要是加热炉体，升温速度可以快些为20～30℃/h，为了使砌体温度均匀，也需要有一定的保温时间，一般为8h，这个阶段用高压煤气烘炉。方法是：不停放风，直接开启加压机送高压煤气。也可先放风，然后再按送风操作，烘烤温度再往上升就可提高升温速度（30℃/h）一直烘到生产所需温度（约为1100℃）。

③ 开炉操作。

a. 装开炉料。

• 开炉料前必须封闭竖炉人孔和铺好烘干床干燥箅条。

• 通知布料工开启布料机，布料机行走开关置自动位置进行均匀装炉。

• 如果烘炉尚未结束，开炉料可先装到火道口以下，如果烘炉已结束可把开炉料直接装到炉口。

• 装火道口以上的炉料时，燃烧室应停煤气灭火。

• 往补充球矿仓装料。

b. 活动料柱。

• 先开竖炉两头齿辊活动料柱和进行排料，一面观察料面的下料情况，一面继续用开炉料补充。

• 及时采取措施调整料面下料，待使烘床整个料面基本一致后，可停止加开炉料。

• 引高压煤气点火，使燃烧室继续升温到生产所需的温度，加热开炉料提高烘床温度（此时冷却风需暂时关闭）。

• 引高压煤气点火后进行倒料操作（即一面加开炉料，一面排矿，这样既用熟料来烘烤竖炉炉体砌砖，又使炉内料柱处于不间断的运动状态）。

c. 首次开炉。

• 当烘床温度上升到300℃左右时，停止倒料操作。开启造球机，加入第一批生球。

• 当烘床加满第一批生球后，就停止布料和造球。

• 待烘床下的生球干燥后（至少有1/3干燥），就可排料。

• 当烘床上排下1/3生球后，停止排料，并再加入一批生球进行干燥。

• 就这样烘床上干燥一批生球，排一批料，再加一批生球进行干燥后，再排一次料如此循环往复。

烘床温度上升到正常温度（600℃左右）时，可连续往炉内加生球与排料。

当热球下到冷却带时，即可开启冷却风机适当送冷却风，随冷却带温度达到500～700℃时，冷却风量达到正常。

当竖炉开炉时，要适当控制生球料量，待炉内已形成合理的焙烧制度后，才能转入正常生产。

d. 一般开炉：在竖炉生产过程中，发生临时性停炉后的重新开炉，称为一般开炉。

当燃烧室温度在700℃以上时，可直接送助燃风和煤气点火，高压煤气点火，燃烧室温度应高于800℃。

不能直接点火时，可在烧嘴窥视孔处插入点燃的油布，在明火下点火（注意：先有明火，再开煤气）。

烧嘴点燃后即可送助燃风和适量冷却风，以装熟球活动料柱的办法升温，烘床温度达到300℃以上时，便可加生球生产。

待炉内合理焙烧制度形成后，方可转入正常生产。

（3）竖炉送风操作

在引风机、鼓风机、加压机工作正常，且燃烧室温度在800℃以上，用高压煤气直接点火为送风操作。送风操作步骤如下。

① 与调度联系并得到同意；

② 通知布料工压下鼓风机放散；

③ 打开烧嘴阀门，先稍送助然风，再送煤气；

④ 压下煤气总管放散；

⑤ 调节燃烧室地风量与煤气量，使之配比平衡，燃烧室温度达到最佳状态。

（4）放风操作

竖炉系统出现设备故障或其他原因，使生产不能正常进行时，燃烧室灭火为放风。

其放风操作程序为：

① 与调度联系并得到同意（如果因竖炉内部原因放风，可先放风后通知）；

② 打开煤气总管放散；

③ 一台竖炉放风时，通知布料工打开冷风放散，两台竖炉放风时，同时应打开助燃风放散；

④ 迅速关闭燃烧室烧嘴阀门；

⑤ 通知鼓风工减风。

4.2.2.2 链算机-回转窑

（1）链算机操作

① 冷却水管要严加检查，不允许有漏水现象，以防损坏设备；

② 设备周围保持清洁，每班最少清扫一次；

③ 各轴承与减速机温度不能超过60℃；

④ 减速机及链轮罩的润滑油应经常保持在油标指定的刻度处，不得过多或过少，每隔半年应更新一次；

⑤ 电机温度不得超过60℃，如发现异常，应立即加以处理；

⑥ 在任何情况下，绝不允许断掉上托轮、头轮轴的冷却用水，并经常检查水温。

任何时候，冷却后的水温都不许升到60℃以上；

⑦ 经常检查润滑系统供油情况与管路系统，防止供油中断或管路漏油；

⑧ 减速机润滑油冬季用 HL-20，夏季用 HL-30；

⑨ 提升烟帽的滑轮必须经常检查，每月最少加油一次，使其转动灵活，不允许有转死、转动不良的情况；

⑩ 经常检查提升烟帽的钢丝绳，经常涂油，不能生锈，不能断掉；

⑪ 经常检查箅床运行情况，零件损坏时要及时更换，以免损坏除尘器和抽风机，箅床跑偏时，根据当时情况，调整靠尾辊论的三个上托辊，使箅床复位；

⑫ 经常检查铲料板位置，如果铲料板与箅板间隙超过规定，必须迅速纠正，如果铲料板损坏，必须立即停机更换；

⑬ 紧链器必须经常加油，以防生锈；

⑭ 严禁采用水冲机器地面，防止机器受水而裂坏。

(2) 安全技术

① 本机在任何时候都严禁开倒车，以防损坏设备；

② 在开机生产中，严禁人体触及链箅节，以防烧伤；

③ 事故漏斗必须关闭严实可靠，除了事故状态下，不得打开；

④ 机器在运行时，不许进入内部检查，确保人身安全。

(3) 回转窑操作

本机的操作应遵守冶金厂的设备的通用操作规程。

本机器的启动、停车与调整等应遵照工厂生产流程的要求与链箅机的工作相配合。

① 点火与启动。只有在回转窑进行砌砖后，试运转发现的所有问题都解决以后，以及窑衬烘干后，才能进行点火和启动回转窑与鼓风机。

在喷入的煤粉点燃后，立即慢速转窑，此时要控制窑尾气体温度在900～1000℃。

燃烧应使窑衬的受热均匀且缓慢，当窑衬显示红光，窑尾气体温度达到800℃时，开始向窑内供料。

随着窑内温度升高和喂煤量的逐步增加，窑的转速也逐渐增加，直到所需转速和喂煤量为止。同时，燃料供给量及风量也应逐步达到所需数值。

②停窑及检查。生产中根据需要，有时要短时停窑进行检查、修理工作，也有时要长期停窑进行大修等作业，无论长期停窑还是短期停窑，在停窑前都应与有关生产岗位取得联系。

a. 短期停窑。要停止喂煤，控制窑尾温度，也停止加燃料，但鼓风机应继续转动一段时间，以冷却风嘴。如停窑时间超过 10min，为保持窑温不致过冷，应停止排风，刚停窑时由于窑处于热态，应经常转动窑体，以避免窑纵向变形弯曲。

b. 长期停窑及检查。

- 停窑前应减少喂料，并将结圈及窑皮烧掉，控制窑尾温度。
- 停止供燃料，并将风嘴拉出来，降低窑速，将窑内全部物料排出。
- 当窑全部冷却后，停止排风。

停窑后，应检查各部分情况，如各部分冷却水是否已经完全排除干净，大小齿轮间隙磨损情况；所有连接螺栓是否松动、损坏，特别是大齿圈的连接螺栓、筒体以及底板的焊缝有无裂纹等；各润滑点的润滑油是否需要更换、清洗或补充，如需要更换应将油掉清除干净，再重新灌新油。

c. 辅助传动的开停。当主电源中断，主电机不能开动时，为了避免筒体弯曲而需盘窑时，可以使用辅助传动。此外，为了检修，需把窑体转动到一定方位上停住时，也可以使用辅助传动。

③ 启动和停车的操作如下。

a. 由住传动改为辅助传动时的启动。首先停止住电机，接通辅助电源（电气联锁装置同时使主电源断路），然后手动合上辅助减速机出轴上的离合器。如果离合器上的斜齿位置不合适，可以用手盘动辅助电动机的联轴器来对准。在确定辅助传动的离合器接合好，并且斜齿的工作面都已接触（不许有间隙）好以后，同时斜齿离合器手柄触板拨动了限位开关时，辅助电机就开始启动，手柄应用专门弹簧销子固定。

b. 停止使用辅助传动时的停车。脱开离合器，把电源转换到主电机上，此时电气联锁系统将使辅助电源断路，此后便可以用主传动进行启动。

应该指出，切勿在窑转动期间操作离合器，离合器的合闸必须全部进入啮合位置，脱离时必须全部脱开接触，在这两个位置上都有弹簧销子固定，非经人工搬拨，不会移动。

4.2.3 注意事项

① 炉箅下有 1/3 的干球才排料，不允许生球直接入炉；

② 当遇到炉箅黏料时，要经常疏通；布料车停止布料时要退出炉外，防止布料皮带烧坏；

③ 及时调整布料车，防止皮带跑偏，及时更换布料车损坏的上、下托辊；

④ 在炉口捅炉或更换箅条时，要穿戴好劳保用品；

⑤ 设备检修时，要切断电源。

⑥ 任何修理工作必须在停窑后进行，并应在电动机开关上挂上“禁止启动”的标志。

⑦ 在运转中不能用手或其他东西探入减速机或大齿轮罩内部进行任何修理检查或清洗工作，不能拆除安全防护设施。

⑧ 向窑门看火时，必须使用看火镜，不允许直接观看，不看火时，视孔应关闭。

⑨ 开窑前必须严格检查，确信无人在窑内，并发出警告信号后，才能启动窑。

⑩ 为保证主体设备及仪表的正常运行，针对生产过程中的不正当操作和误处理情况，提出以下要求：

启动程序：主控室计算机上没有收到动力站发出的任何轻、重故障信号后，方可启动动力站主电机，延时 10s 或观察系统补油压力正常后，再启动液压马达。

停机程序：先停止液压马达，延时 10s 或观察回转窑的速度下降为零后，再停止主电机。

如果回转窑停机的工作时间间隔不是太长，可不必停止动力站主电机，只需停止液压马达。

4.2.4 常见事故及处理

4.2.4.1 竖炉事故与处理

(1) 炉况失常的判断及处理

① 球团矿呈暗红色，强度低、粉末多。

判断：供热不足，焙烧温度低或矿粉粒度太粗，下料过快，生球质量差。

处理办法：根据焙烧球团的热耗量，计算煤气量，为球团焙烧提供充足的热量；并根据矿石性质适当调整燃烧室温度，提高生球质量，减少生球爆裂和入炉粉末；以改善料层透气性。

② 成品球团矿生熟混杂，强度相差悬殊。

判断：下料不均，炉内温度相差较大。

处理办法：根本办法是提高生球强度，减少粉末入炉，以改善透气性；其次改变炉料运动状态，调整排矿齿辊运行速度及采取“坐料”等手段，以松散炉内物料，使炉料均匀下降，并检查竖炉喷火口是否堵塞。

③ 成品球温差较大。

判断：炉料产生偏析；排矿量不均，料球温度相差较大。排矿温度高而球团强度低，炉膛两侧温度明显不同。

处理办法：调整两溜槽的下料量，多开下料慢一侧的齿辊，提高下料快一端的煤气烧嘴温度（增大废气量）；必要时采取坐料操作（即停止排矿一定时间后，再突然大排矿，亏料以熟料补充）。

④ 下料不匀。炉口下料不匀，局部过快，干燥速度相差较大，局部气流过大，炉膛温度变化无规律。

判断：炉内发生窜料，（形成管道）或悬料；如不及时处理，在下料快处湿球入炉，就会产生粉末，更加恶化炉况，形成堆积黏结现象，造成结大块的事故。

处理办法：往下料处补熟球，采取坐料操作，大排矿一次（排矿高度1m左右），再补熟球，以消除炉内管道，恢复炉料正常运行。

⑤ 燃烧室压力升高。煤气和空气量没变，而燃烧室压力突然升高，两燃烧室压差大，炉顶烘干速度减慢。

判断：湿球入炉，粉末增加，喷火口上部位产生湿球堆积粘连现象.

处理办法：适当降低燃烧室温度和废气量，停止加生球补加熟球，继续正常排矿，待这批物料下降到喷火口下，燃烧室压力正常后，再恢复正常生产。严重时可大排矿至喷火口以下，将这种轻度黏结物捅掉，重新补熟球，再行开炉。

⑥ 各项指标失常。仪表的各项指标失常；偏料严重，甚至形成管道，按上述处理办法无效，另外，在排矿处可见到过熔块。

判断：炉内结块

原因：

a. 焙烧温度超过球团软化温度，当原配料比改变后，而焙烧温度未加调整，以至高于软化温度，产生熔块；若原料特性末变，则往往是由于操作失误，煤气热值增大以及仪表指标偏差而引起的燃烧室温度过高；

b. 燃烧室出现还原气氛，使焙烧带的球团产生硅酸铁等低熔化物而造成炉内结块；

c. 因设备故障或停电造成停炉，没有松动料柱（无法排矿与补加熟球），物料在高温区停留时间过长，有时也因停炉后没能及时切断煤气，或因阀门不严，煤气窜进炉内所致；

d. 湿球入炉，造成生球严重爆裂，产生大量粉末，而使生球粘连；如果出现在交接班时没有及时处理，或者再发生突然停炉，黏结物料逐渐堆积，便形成大熔块，造成严重后果；

e. 配料错误，如果球团使用的原料中混入含碳物质，也可导致炉内结块；

f. 违犯操作规程，交接班制度不严，交班掩盖矛盾，甚至为交出好炉况，而在交班前停止排矿，造成假象，接班后见炉况良好，加快排料，提高产量，而造成炉况失常；

g. 炉内结块也往往出现在竖炉经常开、停的过程中；因此为竖炉创造良好的连续生产条件，是避免炉内结块的有效办法。

处理办法：如果在大排料中发现炉内确实存在熔化结块，只好及时停炉处理。打开竖炉人孔，用人工处理与齿辊破碎相结合的办法排除熔结块。

(2) 塌料处理

竖炉由于排矿不当（过多）或炉况不顺而引起生球突然排到炉箅以下称为塌料。

处理方法：

① 减风、减煤气或竖炉暂时停烧；

② 迅速用熟球补充，直加到烘床炉顶；

③ 加风、加煤气转入正常生产。

(3) 管道处理

炉内局部气流过分发展称为管道。

处理方法：慢风或暂时放风停烧，必要时可采取“坐料”操作，待管道破坏后用熟球补充亏料部分，然后恢复正常生产。

(4) 结瘤处理

结瘤主要是由于操作不当引起湿球大量下行，热工制度失调等而引起的。

① 征兆：下料不顺，严重时整个料面不下料，燃烧室压力升高，排出熔结大块多，而且料量偏少，油泵压力升高，甚至造成齿辊转不动。

② 处理方法：可减风、减煤气进行慢风操作，并减少生球料量。严格控制湿球下行，在炉箅达到 1/3 干球后才排料，结瘤严重时，要停炉把料排空，把大块捅到齿辊

上，人工和齿辊破碎，处理干净后再重新装炉恢复生产。

4.2.4.2 带式焙烧机事故与处理

(1) 停电事故的处理

① 将燃烧室前液体燃料或气体燃料管道开闭器关闭2/3，控制火焰四处喷射，同时防止燃料管道进入风管道，以便操作人员关闭燃烧室前二道阀门，并防止突然来电，高压风进入燃烧管道造成爆炸的隐患。

② 迅速关闭燃烧室两道阀门后，再关严燃料管道开闭器。打开燃料管道末端放散阀，通入蒸气驱散残余燃料。

③ 将焙烧机调速器打到零位。

④ 关闭燃烧室前各风管阀门。

(2) 停点火燃料事故的处理

① 立即关闭燃烧室前燃料管道闭门，停止焙烧机运转。

② 打开燃烧室前燃料管道的放散阀并通入蒸气，驱除残余燃料。

(3) 停水事故处理

① 立即切断燃料管道阀门，停止燃烧。

② 为防止烧坏焙烧机，可酌情铺料，缓慢运转或间接运转焙烧机。

4.2.4.3 链箅机-回转窑事故与处理

(1) 链箅机事故

① 链箅机主要故障及高温停机、开机操作预案。

就链箅机整体设备情况而言，引起链箅机故障停机的情况有3种：机械故障，链箅机停水，电器故障。

a. 机械故障。

• 链箅机断链节；

• 链箅机小轴断；

• 链箅机箅床跑偏，被烟罩侧板卡死；

• 未复位的箅板将链箅机机头铲料板顶起，并卡死。

当出现前两种故障时，主控应及时通知钳工到现场，查看链节或小轴的断裂情况，如果断裂部位不超过5时，可让焊工将断裂部位用不锈钢焊条进行对接焊接。如果断裂部位超过5，则由钳工立即抢修。当链箅机发生断链节或小轴，可通过焊接修复时，回转窑实行保温操作，同时，开事故放散阀，开链箅机预热段灰腿小门，降低抽干、鼓干风机引风量，关回热风机风门，如果断链节或小轴，短时间内不能修复，则视时间长短，采取保温或降温操作。

当出现后两种故障时，则立即采取快速降温方式，降低回转窑及链箅机内温度，同时排空回转窑及环冷机内的物料，为检修创造条件。

b. 链箅机停水。

• 水泵故障引起停水；

• 供水管路故障引起停水。

当由于水泵故障引起停水时，可启动备用水泵恢复供水。

当供水管路故障引起停水时，只能及时安排维修人员迅速抢修，同时将链箅机转速提至最快。当供水管路发生故障，如爆裂时，即使立即快速降温，也会对链箅机造成灾难性后果。

c. 电器故障：当链箅机主电机发生故障不能运行时，应立即减小窑头喷煤量，开0800放散停止造球，关闭回热风机，开链箅机预热段灰腿小门，同时，安排电工进行抢修。

② 链箅机预热段风箱温度过高及控制措施。预热段根据工艺要求风箱温度应控制在300～400℃，如果风箱温度过高最直接的影响就是对设备的影响即对箅板、链节和风机的烧损。一般根据设计要求预热段风箱最高温度不得高于500℃。

采取的措施如下。

a. 如造球量不大，以低机速运行时应降低回热风机的风门开度，在保证窑头弱负压的情况下，降低抽干的风门开度，减少风流量，但这种情况下均匀布料，厚度应控制在200mm以上即球布在溜料板2/3以上。以平时操作观察链箅机以1.0m/min以下运行，回热风机的风门应控制在20%以下。

b. 如造球稳定，链箅机能够以1.5m/min机速运行时，应升高回热风机的风门，应控制在35%以上，抽干风机应增大风门，控制在50%以上，鼓干风机控制在75%以上的风门开度，保证干球的质量，风箱温度避免过低。

c. 如突发事件，链箅机停机时，应迅速打开放散，降低喷煤量，关闭回热风机风门，保证预热段风箱温度不至升高太快损伤设备。

(2) 回转窑事故

① 结圈结块。回转窑或环冷机结块是链箅机一回转窑球团生产中的常见故障之一，如果处理不及时，将造成生产停产或减产事故，处理时还会消耗大量劳动力，甚至损坏回转窑或环冷机的耐火材料。

结块主要原因是由于生球质量差，在链箅机内粉化，或链箅机焙烧球强度不够，在回转窑内破裂后结块或排入环冷机后黏结成块。

为保证球团正常生产，督促全体操作人员严格按照技术操作规程进行操作，不断提高操作水平和处理故障的实践能力。

a. 回转窑结圈、结块处理预案。如因操作失误造成大量粉末进窑，应立即减少造球量，降低窑温，避免粉末结圈或大量排入环冷机，造成环冷机台车物料板结，而使整个焙烧过程形成恶性循环。具体措施：

• 迅速减少生球进球量，降低链箅机转速，避免情况恶化；

• 尽量控制回转窑和链箅机转速，确保窑头排料畅通；

• 将环冷机一、二段鼓风量开到最大，使物料尽量充分冷却，减少结块。

b. 结圈处理。

• 冷法除圈。采用风镐、钎子、大锤等工具，手工除圈的人工法。

• 烧圈。冷烧及热烧交替烧法，首先减少或停止入窑料（视结圈程度而定），在窑内结圈处增加煤量和风量。提高结圈处温度，再停止喷煤，降低结圈处温度，这样反复处理使圈受冷热交替相互作用，造成开裂而脱落。冷烧：在正常生产时，在结圈部位造成低温气氛，使其自行脱落。

c. 操作优化。

• 随时观察窑头压力情况，及时调节环冷机、链算机风流系统，确保窑头微负压操作；

• 必须每2h对煤粉、膨润土、生球、干球、成品球的各项质量指标及时进行分析，根据情况调整工艺操作；对指标异常的样品和工艺控制中需要了解的产品质量及时向矿化验室提出特样指标检测；

• 密切关注配料、造球、链算机、回转窑和环冷机的运行情况和工艺操作状况，发现粉料入窑或环冷机及其他异常情况，应立即采取紧急措施。

② 红窑处理。回转窑调火岗位除经常观察窑内状况外，每小时检查窑体表面温度，窑体表面温度300%左右时，没有危险；如果超过400℃，调火工必须严加注意，温度达到400～600℃，在夜间可看出窑体颜色变化，若出现暗红色，即为红窑。当温度超过650℃时，窑体变为亮红，窑体可能翘曲。

处理办法：

a. 窑筒体出现大面积（超过1/3圈）红窑，立即降温排料。

b. 窑筒体局部（如一两块砖的面积）发红，判断为掉砖或掉浇注料，必须停窑。

③ 回转窑主要故障及停机、开机操作预案。

a. 液压动力站故障。当回转窑液压动力站发生故障，无法提供动力时，应采用机械盘窑设备或事故电机等有效方法进行盘窑。

b. 回转窑挡轮、托轮故障。当回转窑挡轮、托轮发生故障时，应立即降低链算机机速、回转窑转速，同时减少喷煤量，降低窑内温度，同时通知钳工迅速抢修。

④ 窑头出现正压操作原因及控制办法。窑头产生正压的原因：根据日常生产操作的观察窑头产生正压的现象主要有以下几个方面：

a. 干球质量不好，产生大量粉末和碎球，窑内气氛不好，造成窑头正压。

b. 环冷机和回热、抽干、鼓干风机和风量没有调整好，环冷机的鼓风风门过大而回热、抽干、鼓干风机的风门开的过小造成正压。

c. 当回转窑内如果煤没有充分燃烧引起爆燃，窑头也会引起瞬间正压。

d. 还有一点就是日常操作时观察到，如果二冷段的鼓风机的风门设在65℃以上时环冷机的二冷段有120Pa以上的正压，三冷段就会高过200Pa以上的正压，在小门观察时也会感到非常大正压，如果这么大的风压没有被释放出来，必会对窑头产生正压。

解决以上问题的方法是：

a. 控制好造球，烧好干球，保证窑内气氛。

b. 大流量生产时，应注意适当的调整环冷机的鼓风机的风门不至于窑头产生正压，小流量生产风门不至于开太大避免窑头产生正压；

c. 控制好喷煤的水分和粒度，保证煤粉的充分燃烧，避免产生爆燃产生正压。

d. 风流系统应打开放散，保证风流畅通，不致产生窜风，使窑头产生正压。

4.2.5 思考题

① 球团焙烧的设备有哪些？

② 竖炉布料如何操作？

③ 链箅机-回转窑的工作原理是什么？

④ 竖炉下料不匀如何处理？

参 考 文 献

[1] 贾艳．铁矿粉烧结生产．北京：冶金工业出版社，2006.

[2] 王悦祥．烧结矿与球团矿生产．北京：冶金工业出版社，2008.

[3] 贾艳．烧结工．北京：化学工业出版社，2011.

[4] 薛俊虎．烧结生产技能知识问答．北京：冶金工业出版社，2003.

[5] 范广全．球团生产技术问答．北京：冶金工业出版社，2010.